JN458023

CONTENTS

kanzai yuki

ill.higeneko

KUSOGAKI who met again for the first time
in 10 years has grown into an innocent beautiful girl

프롤로그 『약속』

1

종례의 종이 울리고 학생들은 각자 자신이 갈 곳으로 발길을 옮겼다. 부활동에 참가하는 사람, 수험을 위해 특별 보강을 들으러 가는 사람, 그리고 나를 포함한 귀가하는 사람.

내가 가는 곳은 항상 변함없다. 〈문 나이트 테라스〉의 입구문을 여니 딸랑딸랑하고 가벼운 도어벨 소리가 들렸다. 10년 이상이나 전부터 쭉 들어온 소리다.

"안녕하세요~."

"어머, 어서 오렴, 미야."

아주머니는 바로 앞에 있는 자리를 정리하고 있었다. 카운터 안쪽에는 아저씨가 있었고 가게 안은 상당히 붐볐다.

"유우라면 2층에서 쉬고 있어."

"알았어~."

통통 계단을 뛰어 올라가 2층으로. 거실에는 없으니까 방에 있으려나. 노크를 하고 유우 오빠의 방에 들어갔다.

"유우 오빠?"

"오오, 미야구나."

"……에, 뭐 하고 있는 거야?"

유우 오빠는 베란다 바로 앞에 무릎을 안고 앉아있었다. 어깨 너머로 날 바라보는 눈에 생기가 깃들지 않은 것처럼 보이는 건 기분 탓일까?

"바람을, 쐬고 있었어."

"……무엇 때문에."

나는 짐을 테이블 옆에 두고 침대에 걸터앉았다.

유우 오빠는 멍하니 베란다에서 보이는 하늘을 계속해서 바라봤다. 왠지 기운이 없는 것 같다. 웅크린 등에는 애수가 감돌아서 상당히 풀이 죽었다는 것을 알 수 있었다.

무슨 일일까.

유우 오빠는 기운이 넘치는 그런 성격이 아니지만, 노골적으로 낙담하거나 부정적인 감정을 겉으로 드러내는 일은 거의 없다. 무슨 일이 있었길래 저렇게 풀이 죽은 걸까?

혹시 일 때문에 아주머니에게 혼나기라도 한 걸까.

"하아, 파리가 되고 싶어."

너무 풀이 죽어서 뭔가 위험한 말을 하고 있는데.

"유우 오빠."

"응~."

"유우 오빠."

"어~."

틀렸다. 건성으로 하는 대답만 돌아온다. 우선 유우 오빠가 기운을 차리게 해서 네거티브 월드에서 끌고 나와야 한다. 나는 일어나서 유우 오빠 뒤에 섰다. 비장감이 감도는 어깨에 양손을 톡 올렸다.

"유우~ 오빠."

"우왓, 뭐, 뭐야."

그대로 쪼그리고 앉아 유우 오빠의 등에 업히듯이 몸을 바싹 붙였다. 목에 팔을 두르고 그대로 체중을 실었다.

"있잖아, 카페오레 마시고 싶으니까 만들어줘~."

"야, 너."

"빨~리~."

"아, 알았으니까 떨어져."

유우 오빠의 등이 점점 뜨거워져가는 게 느껴졌다. 기운을 차려준 걸까.

"네네."

"나 참."

난 유우 오빠의 등에서 떨어져 일어섰다. 유우 오빠도 마지못해 일어났다.

"카페오레지? 아이스면 돼?"

"응. 아, 얼음은 적게."

"알았어."

난 유우 오빠가 방에서 나가는 걸 지켜본 후에 다시 침대 가장자리에 앉았다. 그건 그렇고 대체 왜 그렇게 침울해하고 있었던 걸까.

누구랑 싸웠나?

차를 박았나?

방에 바퀴가 나왔나?

아니면 단순히 피곤하다던가?

몇 분 후, 유우 오빠가 돌아왔다.

"자, 카페오레."

테이블에 잔 두 개가 놓였다. 하나는 내 카페오레. 다른 하나인 블랙커피는 유우 오빠의 잔일 것이다.

"고마워."

난 미끄러져 떨어지듯이 침대 가장자리에서 바닥으로 엉덩이를 이동시켰다. 잘 착지했다. 카페오레를 한 입 마시고 유우 오빠에게 시선을 돌렸다.

"맛있어."

"그야 내가 만들었으니까."

유우 오빠는 자랑스럽다는 듯이 팔짱을 꼈다. 그리고 내 대각선 앞에 앉아 블랙커피에 입을 댔다.

"후우."

"오늘 바빠?"

"음, 그럭저럭이려나."

"유우 오빠 요즘 피곤해?"

"그런 건 아니야. 왜?"

"그야 왠지 기운이 없었으니까. 있잖아, 왜 그렇게 풀이 죽어 있었던 거야?"

"그건……."

유우 오빠는 입을 꾹 닫고 고개를 떨궜다. 그 표정의 어두움과 무게에 큰 고민이 있다는 걸 상상할 수 있었다.

"고민 있어?"

"……."

말할까 말하지 말까, 갈등하는 걸 엿볼 수 있었다.

"미안, 지금은 말할 수 없어."

"그렇구나."

"걱정 끼쳐서 미안해."

"괜찮아. 난 유우 오빠 편이니까 무슨 일 있으면 내가 할 수 있는 거라면 뭐든지 도와줄게."

"미야."

"그 대신, 내가 힘들 때나 나한테 무슨 일이 있을 때는 유우 오빠가 도와줘. 유우 오빠는 내 오빠 같은 사람이니까."

"그래."

유우 오빠는 미소를 띠고 있었지만, 역시 미묘하게 그림자가 있는 것처럼 보였다. 그 후, 우리는 두서없이 이야기를 하며 커피 브레이크 타임을 즐겼다.

"그럼 슬슬 돌아갈까."

"벌써 휴식 끝이야?"

"어어."

유우 오빠는 남은 커피를 다 마시고 가게로 돌아갔다.

홀로 남겨진 난 공부 도구를 가방에서 꺼내 테이블에 벌여 놓고 묵묵히 공부하기 시작했다.

그러고 보니 옛날에…….

아까 '나한테 무슨 일이 있을 때는'이라고 말했을 때 어떤 일이 기억 밑바닥에서 떠올랐다.

멀고 먼 까마득한 옛날의 기억.

완전히 잊어버릴 뻔한 약속.

"그런 일도 있었지."

유우 오빠, 기억하고 있으려나.

"후훗."

2

나는 일터로 돌아왔다.

미야에게는 역시 걱정을 끼치고 싶지 않다.

그리고 만약 미야에게 마히루와 아사카에게 고백을 받았다고 상담하면, 미야는 아사카와 마히루 모두와 관계가 있으니 어쩌다가 입을 잘못 놀릴 가능성이 있다.

만약 그렇게 되면 아사카와 마히루는 서로가 연적이라는 것을 깨달아 버릴지도 모른다. 언젠가 그런 사태는 피할 수 없겠지만, 늦출 수 있다면 늦추는 게 가장 좋다. 어떠한 대책이라 해야 할까, 대화를 끌고 갈 방법을 준비할 시간은 긴 편이 좋다.

다만, 어떤 식으로 해야 일이 잘 정리될지는 전혀 짐작이 안 가지만.

"하아."

여고생이, 그것도 엄청난 미소녀 두 명이 나에게 호감을 가지고 있으니 원래라면 덩실거리면서 기뻐해야 하는 일이다. 하지만 나는 골치만 아파졌다.

기쁨보다 불안이 내 위장을 조였다.

정말 앞으로 어떻게 되는 걸까.

아사카는 이번 주 토요일에 또 이쪽에 돌아올 것이다. 그때 마히루도 나에게 호감을 가지고 있다는 걸 들키지 않도록 주의해야만 한다.

"유우, 창가 테이블 정리해줘."

"어어."

등에 미야의 체온과 부드러운 여운이 남아있다. 그 녀석, 거리낌 없이 몸을 밀착시키고 말이야, 라고 불평하고 싶지만 미야만큼은 이상한 생각을 할 걱정은 없을 것이다.

그 가까운 거리감은 오빠와 동생 같아서 오히려 안심된다.

슬슬 한 잔 더 갖다 줄까. 아이스 카페오레를 만들어서 2층으로 올라갔다. 미야는 진지하게 공부에 열중하고 있었다.

"미야, 한 잔 더 가져왔어."

"고마워. 마침 다 마신 참이야."

"공부는 잘 돼?"

"응."

평화로운 얼굴로 카페오레를 마시는 미야. 그런 그녀를 바라보고 있으니 마음이 따스하고 편안해졌다.

1

"그럼 슬슬 집에 갈까."

오후 7시를 넘긴 시간. 미야는 기지개를 쭉 켰다.

"데려다줄게."

"고마워~."

미야를 차로 집에 데려다주고 가게로 돌아왔다. 방에 올라가니, 방에는 놀랍게도 마히루가 있었다.

"어라? 마히루 와 있었어?"

"유우 오빠, 와 있었어."

아무래도 미야를 데려다주는 사이에 엇갈린 모양이다.

마히루는 방금까지 미야가 앉아있던 곳에 안짱다리를 하고 앉아 있었다. 운동복이 아니라 교복 차림이었다.

"부활동 끝나고 왔어?"

"응. 오늘은 좀 일찍 끝나서."

"그렇구나. 방금 전까지 미야 있었어."

"알아. 아줌마한테 들었어."

생일 선물로 준 펜던트가 목에서 반짝이고 있었다. 형광등 빛을 받아 반짝이는 금빛 체인은 크게 파인 가슴팍을 향해 모였고, 끝에 있는 로켓 부분이 깊은 골짜기에 삼켜져 있었다.

"하고 있구나, 그거."

"응. 하지만 학교에서는 교칙 때문에 이런 건 못 하니까."

마히루는 날 올려다보면서,

"유우 오빠 앞에서만, 하는 거야."

그 말만 하고 바로 다시 시선을 떨궜다.

귀엽지만 평소의 마히루가 아니다. 뭔가 단아하다고 해야 할까. 이 녀석, 이렇게 조신했나?

물론 마히루는 내가 봐도 미소녀지만, 평소에는 씩씩해서 말하자면 시원시원한 미인 타입이다. 그런데 지금 눈앞에 있는 마히루는 완전히 정반대. 부드럽게 안아주고 싶어지는 가련함이 있었다.

볼을 아련하게 빨갛게 물들이고 허벅지 위에 손을 겹쳐놓았다. 표정과 목소리도 왠지 차분해서 기분이 이상해질 것 같았다.

"마, 마히루. 밥 먹었어?"

"아직."

"어디 먹으러 갈까."

"응."

"소바는 어제 먹었으니까 중화요리라도 먹을까."

마히루를 데리고 상점가에 있는 중화요리집에 들어갔다.

과하게 끈적거리는 메뉴표, 가게 안에 가득 찬 기름 향기, 벽에 붙어있는 맥주 포스터는 상당히 오래 됐다. 동네 중화요리 가게의 이런 분위기는 독특한 정취가 있어서 좋다.

"음, 난 볶음밥."

"그것만 먹어도 괜찮아?"

"으, 응. 배 안 고프니까."
"부활동 끝나고 왔잖아?"
"응."
대식가인 마히루에게 볶음밥 한 그릇은 너무 적다. 게다가 오늘은 부활동을 해서 체력을 소모했을 것이다. 어제 소바 가게에 갔을 때는 엄청나게 먹었는데…….
"몸 상태라도 안 좋은 거야?"
"그런 거 아니라니깐. 괜찮아, 이것만 먹어도."
"그러냐."
다이어트라도 시작한 걸까. 난 차슈면을 주문했다.

*

뭘까, 유우 오빠랑 같이 있으면 그것만으로도 가슴이 벅차. 식욕도 별로 안 생기고, 나, 어떻게 된 걸까.
배구를 한다고 뛰어다니고 녹초가 될 때까지 움직였는데 배가 고프지 않아. 이윽고 요리가 나왔다. 뜨거운 볶음밥을 입으로 가져갔다.
"후~, 후~, 암."
밥이 입안에서 훌훌 풀렸다.
"맛있어?"
"응."
"……."

"……."

어라, 왜일까. 유우 오빠를 차지하기 위해 힘써야 하는데 뭔가 이야기하려고 생각해도 머리가 돌아가지 않아.

어제 미야와 아사카가 같이 있을 때는 평소대로 있을 수 있었고, 그 후에 유우 오빠에게 내 각오를 전했을 때도 똑바로 잘 전했다. 오늘 아침에 학교에 가는 도중에 〈문 나이트 테라스〉에 들렀을 때도 평소대로였던 것 같다.

그런데 지금 유우 오빠와 완전히 단 둘이 있는 상황이 되니 머리가 둥실거리고 가슴이 괴로워져서…….

나, 분명 뭔가 이상해.

결국 대화는 그다지 하지 못하고 가게에서 나왔다. 밤의 상점가를 둘이서 걸었다. 지나다니는 사람은 거의 없었다. 가끔 차가 도로를 달리기만 했다. 나란히 걷고 있어서인지 톡 하고 손끝이 맞닿았다.

"햐앗."

"어? 아아, 미안. 아팠어?"

"아니."

손이 맞닿는 건 전혀 대수롭지 않은 일인데, 두근거림이 멎지를 않았다. 야부사메 축제 때는 아무렇지 않게 손을 잡았는데 뭘 부끄러워하는 거야, 나는…….

이러면 '언제까지나 기다리겠다'고 허세를 부린 의미가 없잖아. 뭔가, 해야 해. 아사카가 없는 지금이 최대의 기회야. 하지만 부끄러워.

"으으…… 유, 유우 오빠."

"응?"

나는 유우 오빠의 손을 잡아서 자신의 가슴으로 안았다.

"뭐, 뭐야?!"

유우 오빠의 울퉁불퉁하고 딱딱한 손이 내 가슴에 묻혔다.

"마, 마히루, 너."

아아, 이 이상은 한계.

난 유우 오빠의 손을 놓고,

"이제 갈게. 잘 자!"

내 집이 있는 방향을 향해 달리기 시작했다.

*

다음 날 점심시간.

미야와 점심을 먹은 후, 난 언제나처럼 교사 뒤편의 안뜰로 향했다. 정례 행사가 되어가고 있는 유우히와의 작전회의(연애상담)를 하기 위해서다.

어제의 난 분명 어딘가 이상했다.

유우 오빠를 차지하기 위해 노력해야 하는데 뭔가 평소의 내 모습을 드러내지 못한다고 해야 할까, 상태가 정상적이지 않다고 해야 할까, 아무튼 이상했다.

"기다렸지."

"아니에요."

잔디 위에 나란히 앉았다. 온화한 오후의 햇볕이 기분 좋다. 유우히는 내 얼굴을 들여다보며 말했다.

"마히루 선배, 기운이 없네요."

"티 나?"

"왠지 꾸물꾸물한 표정을 짓고 있어요."

"꾸물꾸물한 표정?!"

난 어제 있었던 일을 설명했다.

같이 밥을 먹으러 갔는데, 지금까지는 평범하게 대화를 했는데 갑자기 머릿속이 끓어오르는 것처럼 뜨거워져 평소처럼 대할 수 없게 돼서 뭔가 분위기가 이상해진 것. 대식가—스스로 말하는 건 조금 부끄럽다—인 내가 식욕이 전혀 나지 않았던 것 등등.

"——그래서 말이야, 그 사람 앞에 있으면 식욕도 안 생기고, 말도 잘 안 나오고, 아무튼 뭔가 이상해."

"……흠흠."

유우히는 턱에 손을 대고 떨떠름한 표정을 지었다.

"이거 중증이네요."

"어?"

"다시 말해서 그 사람과 지금까지는 평범하게 대화할 수 있었지만 새삼 좋아하는 마음을 의식했더니 갑자기 예전처럼 행동할 수 없게 되었다."

"그래 맞아, 그런 거야."

이 알 수 없는 상태의 정체를 모르면 다시 똑같은 전철을 밟을 가능성이 있다.

"이건 그거예요."

"……뭐, 뭐야?"

"……."

"……."

긴 침묵 후, 유우히는 입을 열었다.

"유우히의 진단으로는 바로, 상사병이에요."

"……흣."

이거야 원. 대체 무슨 말을 하나 싶었더니.

"잠깐만요 마히루 선배, 코웃음 치고 있는데 유우히는 진지하게 말하는 거라구요?"

"그치만 상사병은 연애만화나 연애소설에 나오는 거잖아……."

"그걸 진짜로 걸렸으니까 문제에요."

유우히는 크게 한숨을 쉬었다.

"좋아하는 사람을 의식해서 음식이 안 넘어가게 되거나 좋아하는 사람 앞에 있으면 평소처럼 행동할 수 없게 되거나. 이건 상사병이 아니면 설명할 수 없어요."

"윽…… 맞다면 맞는데 그런 게 현실에 있다니 믿기지 않아."

"유우히도 '상사병'이라는 단어를 현실에서 말할 기회가 올 줄은 몰랐어요."

하지만 유우 오빠 앞에서 있는 그대로의 모습으로 있을 수 없었던 건 사실이다.

"아무튼 지금 마히루 선배는 좋아하는 남자에게 너무 푹 빠져서 자기 자신을 제어하지 못하고 있어요."

"자, 잠깐만, 딱히 푹 빠진 건 아닌데."

"무슨 소릴 하는 거예요. 연애상담을 시작한 뒤부터 얼굴이 '사과인가!' 싶을 정도로 빨개져 있어요."

"헛?!"

"유우히가 브레인으로 붙어있는 게 정답이었네요. 푹 빠진 상태인 마히루 선배는 혼자 있으면――"

"잠깐, 유우히."

"?"

"그, 있잖아. 푹 빠졌다는 부분만 좀 어떻게 안 될까."

"……그럼 홀딱 빠진 걸로."

더더욱 안 좋아졌다.

"그래서 이건 어떻게 해야 나을까."

"상사병은 불치병이에요. 유일한 특효약은 좋아하는 사람 외에는 없으니까 좋아하는 사람을 차지하는 것 외에 치료할 방법은 없어요."

유우히는 단언했다.

"이럴 수가."

그럼 유우 오빠 앞에서는 계속 그런 상태라는 거야?

"음~, 어떻게 안 될까."

"솔직히 어쩔 도리가 없다고 생각해요. 하지만 완치는 어렵더라도 증세를 완화하는 정도라면 방법은 있을 것 같아요."

"그 방법은?"

유우히는 진지한 표정을 짓고,

“결국 마히루 선배는 연애에 익숙하지 않아요. 사랑에 대한 면역이 없어서 과잉 반응을 해버리는 거예요.”

“요컨대 내성이 없다는 거야?”

“그렇죠. 그러니 지금은 아무리 허둥대도 좋으니까 그 남자애랑 가능한 한 많이 만나고 이야기해서 익숙해지는 수밖에 없어요.”

“익숙해지는 건가.”

“매운 걸 못 먹는 사람이 조금씩 매운 걸 먹을 수 있게 되듯이, 마히루 선배도 조금씩 상대에 대한 내성을 길러 나가는 거예요.”

그 예시는 뭔가 좀 아닌 것 같은데.

“스킨십 같은 거 좋지 않나요? 상대와의 거리도 좁힐 수 있고 남자에 대한 내성도 생길 거예요. 대화를 하면서 자연스럽게 어깨나 등을 톡 쳐보거나——.”

“아, 스킨십이라면 어제 했어.”

“네?”

난 유우히의 손을 잡아서 어젯밤에 유우 오빠에게 한 것과 똑같이 가슴에 꼬옥 눌렀다.

“우효~.”

“이런 느낌으로.”

“이이이, 이걸 한 거예요?”

“응. 별로이려나.”

“아뇨 최고예요. 아, 지금 건 유우히의 감상이에요.”

유우히는 크흠 하고 헛기침을 했다.

"마히루 선배, 같이 밥을 먹으러 가거나 스킨십을 할 정도의 사이니까 생각보다 좋은 느낌인 거 아니에요? 왠지 유우히의 조언도 필요 없다는 느낌이 들기 시작했어요. 지금 이대로 천천히 조급해하지 말고 마히루 선배의 페이스로 가면 된다고 생각해요."

"음~, 그건 지금까지도 사이가 좋았다는 점이 크니까."

그야말로 남매 같은 관계였으니 거리 자체는 가깝지만, 그렇기에 그런 관계에서 연인 관계로 발전하는 게 어렵다.

"그리고——."

내 뇌리에 아사카의 여유로워 보이는 표정이 떠올랐다.

"그리고?"

말해도 될까. 뭐, 딱히 숨길 필요도 없나.

"라이벌이…… 있단 말이지."

"네?"

유우히는 정색…… 하나 싶더니 미간을 확 찌푸리고 입을 오므렸다. 그건 대체 무슨 감정인 걸까.

"사실 나만 그 사람을 노리고 있는 게 아니야. 그래서 별로 태평한 소리 하고 있을 수가 없다고 해야 할까……."

시즈오카현과 카나가와현이라 거리는 떨어져 있지만, 아니, 떨어져 있으니 아사카는 유우 오빠를 차지하기 위한 강렬한 계책을 생각하고 있을 것이다. 쇼난의 밤처럼 수단을 가리지 않고 확실하게 유우 오빠를 차지할 계책을…….

그때는 내가 우연히 아사카가 덮치는 걸 알아차려서 아슬아슬하게 아사카를 막을 수 있었다. 하지만 그렇게 몇 번이나 방해를 잘 할 수 있을 것이라는 보장도 없고, 아사카도 대책은 마련해올 것이다.

그러니 내가 할 수 있는 일은 아사카가 없는 평일 동안에 유우 오빠와의 거리를 조금이라도 좁히는 것이다.

"라이벌이라니, 누, 누구죠?! 설마, 미야 선배?"

"아니야, 내 친구야. 다른 고등학교에 다니고 있는데 걔도 나랑 같은 사람을 좋아해."

"친구끼리 한 남자를 두고 쟁탈전…… 그보다 엄청 인기 많네요, 그 남자애."

"음~, 인기가 많은지 아닌지는 잘 모르겠지만 여자 친구는 없는 것 같아."

유우 오빠의 이야기로는 분명 태어난 이래로 여자 친구는 한 번도 생긴 적이 없다고 했었다.

"일단 아까 전에도 말했듯이 지금은 스킨십 공세로 가도 좋을 것 같아요. 마히루 선배의 상사병을 완화하면서 상대가 마히루 선배를 의식하게 만들 수 있는, 현시점에 생각할 수 있는 가장 좋은 수예요."

"알았어. 고마워."

유우히와 한 오늘의 작전 회의는 이렇게 끝났다.

2

"후후후."

히유리 여학원 학생 기숙사 개인실.

나는 침대 가장자리에 걸터앉으면서 침대 옆에 장식한 사진을 바라봤다. 초등학교 1학년 때 유우 오빠가 내 생일에 준 액자. 그 액자에 들어있는 것은 네 사람을 찍은 사진.

인생에서 가장 즐거웠던 추억의 상징이다.

그건 그렇고 친한 친구가 자기와 같은 사람을 좋아하게 되다니, 운명은 참 기구하다. 마히루는 부활동에만 열중해서 배구에 청춘을 바칠 줄로만 알았는데 남몰래 좋아하는 마음을 간직하고 있을 줄은 전혀 몰랐다.

그 흉악한 몸을 무기로 삼으면 상당히 불리해진다. 안 그래도 난 유우 오빠랑 일주일에 이틀 정도밖에 못 만나는데, 그 사이에 유우 오빠와의 거리를 좁히면…….

뭔가 방법을 생각해둘 필요가 있다.

안 그래도 미야의 순진함이 위험한데 마히루까지 참전하면 유우 오빠를 둘러싼 싸움은 이제 진흙탕이 될 것이다. 똑똑히 말한 건 아니지만 내 감으로는 분명 미야도…….

그건 그렇고 다음 주 월요일── 10월 2일은 드디어 유우 오빠의 생일. 평일이지만 다행히 그날은 히유리 여학원의 창립기념일이라 학교를 쉰다. 뭐, 설령 학교에 가야만 하더라도 온갖 수단을 써서 쉴 생각이었지만.

선물은 이미 정해뒀다.

"후후후, 이기는 건 나야."

창가에 가서 하늘을 올려다보니 아름다운 달이 떠있었다.

"유우 오빠는 나의……."

그때 스마트폰이 착신음을 울렸다. 화면에는 아버지의 이름이 표시되어 있었다.

"네, 여보세요."

"그래, 아사카니?"

"아버지."

"전에 말했던 곳 말인데——."

"네…… 그런가요!"

아버지에게서 낭보가 날아들었다.

"감사합니다. 네. 그럼."

나는 전화를 끊고 침대에 뒤로 풀썩 누웠다.

난 유우 오빠의 것이고, 유우 오빠는 내 인생 그 자체.

유우 오빠에게 선택받지 못하는 인생에 의미 같은 건 없다.

그러니 절대로 질 수 없다.

"우후후후후. 기대해 주세요, 유우 오빠."

건방진 꼬맹이와 오래달리기

1

12월 17일 월요일.

건조한 바람이 부는 오전 10시 22분.

땅에는 겹쳐진 수많은 발자국과 피구, 축구 등의 코트 라인이 남아 있어 아이들이 겨우 20분 정도의 쉬는 시간을 신나게 즐긴 흔적을 엿볼 수 있었다.

방금까지 운동장은 쉬는 시간을 맞이한 아이들로 가득했지만 지금은 밖에서 3교시 체육 수업을 하는 1학년 한 반이 남아있을 뿐이었다.

운동장에 남은 체육복을 입은 아이들은 쉬는 시간이 연장되기라도 한 것처럼 선생님이 오기 전까지 쉬는 시간에 하던 피구를 계속 하고 있었다.

"이얍."

"우왓."

마히루가 던진 빠른 공이 작은 소년의 어깨에 명중했다. 그와 거의 동시에 교사 쪽에서 운동복을 입은 담임 선생님이 나타났다. 쉬는 시간을 실내에서 보낸 학생과 함께 있었다.

"앗, 선생님 왔다. 마지막에 맞은 세리자와가 공 정리해."

"젠장~."

선생님이 목에 건 호루라기를 불자 학생들이 선생님을 둘러싸며 모여들었다.

"선생님, 오늘은 뭐 해?"

미야가 물어보자 선생님은 호루라기에서 입을 떼고 말했다.

"오늘은 오래달리기를 할 거야."

"오래달리기가 뭐예요?"

아사카가 의아해하는 표정을 지었다.

"간단히 말하자면 이 운동장을 빙글빙글 달리는 거야. 자, 준비 운동 할 거니까 키 순서대로 서."

학생들은 지시를 따라서 운동장 한가운데 근처를 중심으로 체조 대형으로 퍼졌다.

"난 뛰는 거 잘 못하는데."

미야는 모자를 푹 눌러쓰면서 투덜거렸다.

"뛰는 거라면 내가 제일이지"라고 마히루는 말했다.

"마히루, 제일 빠르지"라고 말하는 아사카.

실제로 자기 입으로 말할 정도로 단거리 달리기에서는 남자도 포함해서 반에서 가장 빠른 사람이 마히루였다. 하지만 오래달리기는 단순히 빨리 달릴 수 있으면 되는 게 아니다. 오히려 그 강한 자신감이 실패의 원인이 된다는 것을 오래달리기 경험이 없는 1학년들은 아직 몰랐다.

오래달리기.

그것은 자기 자신과의 승부다.

"——어~, 그럼 설명한 것처럼 운동장을 5분 동안 달리고 어느 정도의 거리를 달렸는지를 잴 거예요."

선생님이 설명을 끝내자 제1진이 출발 지점에 나란히 섰다.

"마히루 힘내~."

"마히루 파이팅."

마히루는 남녀가 혼합된 제1진에 있었다. 반에서 가장 빠르기도 해서 그녀의 의욕은 가득했다.

"내가 제일 많이 달려주겠어."

"그럼, 준비~."

호루라기 신호와 함께 학생들은 달리기 시작했다.

마히루는 온 힘을 다해서 단숨에 달렸다. 첫 번째 코너에 도착할 무렵에는 뒤따라오는 아이들을 크게 따돌리고 있었다.

"역시 내가 1등이야."

마히루는 1등으로 승리하는 걸 확신했지만——.

"헤헹."

반복해서 말하겠다.

오래달리기는 자기 자신과의 승부다. 처음부터 적 같은 것은 없으며 경쟁해야 할 상대도 쓰러뜨려야 할 상대도 없다. 처음부터 끝까지 **자신과의 싸움**이다.

그 점을 잘못 인식한 자를 기다리고 있는 것은 고통이라는 이름의 절망뿐이다.

"……하아, 하아."

반 바퀴를 넘었을 무렵, 마히루의 하복부에 이변이 일어났다.

마치 자신의 뱃속에서 불이 난 듯한 아픔과 괴로움이 그녀를 엄습한 것이다.

"하아, 어라……."

고통은 온몸에 퍼졌고 마히루의 다리의 움직임이 둔해졌다. 후속 주자와의 거리는 계속해서 줄어들었고, 한 바퀴를 돌 무렵에 마히루는 후속 주자 집단 속에 삼켜졌다.

"큭."

지금 당장이라도 다리를 멈추고 쓰러져 버리고 싶을 정도의 고통에 시달리면서도, 반에서 가장 빠르다는 자신감이 겨우 그녀의 기력이 끊어지지 않도록 해주고 있었다.

마히루는 거의 집단의 중심에 자리를 잡고 그저 고통과 싸웠다.

"1분 남았어요~."

선생님의 목소리가 울렸다.

"헤헤, 류샤쿠, 내가 이기면 네가 공 정리하는 거다."

세리자와 아키스케는 그렇게 말하고는 남은 힘을 다 쓰듯이 페이스를 올려 집단에서 빠져나왔다.

"크오~, 질까보냐~."

세리자와를 앞지르기 위해 마히루도 페이스를 올렸다. 석회와 모래가 섞인 하얀 모래 먼지가 피어올랐다.

항상 장난을 거는 세리자와에게 지는 것만큼은 참을 수가 없었고, 무엇보다 자신이 가장 빠르다는 자부심이 체력의 한계에 가까워지고 있던 그녀를 움직이게 했다.

"으랴아아~."

"시, 실화냐."

세리자와와 나란히 달리는 마히루.

그리고 추월에 성공했지만——.

안 그래도 얼마 안 남은 체력을 한 번에 써버린 두 사람이 금방 실속해 후속 집단에 잇따라 추월당하는 건 지극히 당연한 일이었다.

끝을 알리는 호루라기 소리가 하늘 높이 울려 퍼졌다.

"자~, 그만!"

마히루는 온몸이 땀범벅이 되어 땅에 엉덩방아를 찧었다. 가슴을 위아래로 들썩이면서 호흡을 반복해 산소를 들였지만 괴로움은 사라지지 않았다.

"헤엑, 하아."

결과만 보면 마히루와 세리자와는 하위였다.

2

"——그런 일이 있었어."

마히루는 침대 가장자리에 걸터앉으면서 기운 없이 말했다.

내가 집에 오니 언제나처럼 건방진 꼬맹이들이 방에 있었는데, 오늘은 왠지 축 처져있다—특히 마히루—고 해야 할까 패기가 없다고 해야 할까, 아무튼 평소랑은 상태가 달라서 이야기를 들어봤다.

이야기에 따르면 오늘 처음으로 오래달리기 수업을 했는데 운동 신경이 좋은 마히루가 좋은 결과를 내지 못했다고 한다.

"마히루가 처음엔 제일 빨랐어"라고 말하는 미야.

"하아, 그런 거였냐. 괜히 걱정했네."

난 숨을 크게 내쉬었다.

"잘 들어, 오래달리기라는 건 말이야, 체력 관리가 중요해."

"무슨 뜻이에요?"

아사카가 날 올려다봤다.

"마히루, 너 어차피 처음부터 전력 질주 했겠지?"

"응."

"그치만 처음엔 마히루가 1등이었어~."

"미야, 그건 알겠다니깐. 마히루, 전력으로 달렸더니 한 바퀴도 안 돌았는데 금방 옆구리가 아팠지?"

"어? 어떻게 알았어?"

"초능력자인가요?"라고 말하는 아사카.

"원래 그런 거야. 빨리 뛰려고 하면 그만큼 체력이 한 번에 줄어들지. 짧은 거리를 달릴 때는 그래도 되지만, 긴 거리를 그런 식으로 전력으로 달리면 금방 힘이 빠져서 지쳐 버리지. 그 왜, 술래잡기 같은 걸 할 때도 계속 전력을 다해서 달리면 힘들어지잖아."

"그렇구나. 그럼 어떻게 하면 돼?"

마히루는 가만히 날 바라봤다.

"간단해. 전력이 아니라 70퍼센트 정도의 힘을 써서 달리면 돼."

"음~, 그러면 안 힘들어?"

"힘들긴 하지만 처음부터 전력으로 뛰는 것보다 긴 거리를 뛸 수 있게 돼."

"호오."

"호오."

"호오."

그건 그렇고 갑자기 전력으로 달리고 도중에 지치다니, 이 녀석들답다면 이 녀석들답다.

뭐, 오래달리기 첫 도전이라면 이런 법이지. 나도 장거리 달리기를 처음 경험했을 때, 단거리 달리기와 똑같은 감각으로 달려서 엄청난 복통에 시달렸다.

"70퍼센트인가. 그럼 잠깐 연습하고 올까."

마히루가 일어섰고, 미야와 아사카도 그에 따랐다.

"오~."

"오~."

"어? 지금부터 가는 거야?"

"그치만 내일도 체육 수업이 있으니까 연습할 거면 지금밖에 없는걸."

체육 수업 때 달리고 지금부터 또 달리는 건가. 정말이지, 아이의 체력은 한계가 없는 건가. 아니, 체력의 총량이 적으니까 회복이 빠른 걸지도 모르겠다.

셋은 문 앞에서 걸음을 멈추고 날 바라봤다.

"그거 혹시 나도 가는 거야?"

"당연하지"라고 말하는 마히루.

"가요, 유우 오빠."

아사카가 내 손을 잡아당겼다.

뭐, 불을 지핀 건 나니까. 페이스를 유지하면서 오래 달리는 요령을 가르쳐줄까. 밖에 나가니 찬바람에 몸이 떨렸다. 길거리에서 뛰면 보행자나 차 등이 위험하니 우리는 공원으로 향했다.

"자 그럼, 준비 운동은 끝났지. 가자."

"오~."

"오~."

"오~."

이런 더럽게 추운 날씨 속에서 꼬맹이들은 힘이 넘쳤다.

"그래서 70퍼센트의 힘은 어느 정도야?"

미야가 물었다.

"그렇네. 걷는 것보다는 빠르지만 전력 질주보다는 느린…… 전력 질주 이보 직전 정도의 스피드지."

"잘 모르겠어."

"일단은 가볍~게 달려보고 점점 속도를 올려. 그리고 이 이상 빠르게 달리면 괴로워지는 지점을 찾아봐."

"네~."

"네~."

"네~."

꼬맹이들은 공원 바깥 둘레를 달리기 시작했다. 조깅하는 페이스부터 시작해 조금씩 속도를 올렸다.

"여기다, 이 이상 빨리 달리면 체육할 때랑 똑같아질 것 같아."

마히루는 바로 자신의 페이스를 찾은 것 같았다. 미야와 아사카는 마히루와 조금 떨어진 곳에 있었다. 선두를 달리는 마히루를 포함해서 셋은 빈말도 좋은 페이스라 할 수는 없지만, 초등학교 1학년이니 이 정도일 것이다.

그때 휘잉 하고 강한 바람이 불었다. 이렇게 추운 날씨에 보기만 하면 추워서 견딜 수가 없다. 나도 뛸까.

바깥 둘레를 뛰는 꼬맹이들을 쫓아서 우선은 미야, 아사카와 합류했다.

"어때? 힘들어?"

"전 아직 괜찮아요."

아사카는 산뜻한 얼굴로 말했다.

"난 좀 힘들지도."

"그럼 미야는 좀 더 느리게 뛰는 편이 좋을지도 몰라. 그럼 먼저 간다."

난 페이스를 올려 마히루가 있는 곳까지 갔다.

"어라, 유우 오빠도 뛰는 거야?"

"가만히 있으면 추우니까. 그보다 어때? 마히루."

"좀 힘들어지기 시작했지만 참을 수 있어. 이렇게 달리면 많이 달릴 수 있을 것 같아."

"그래 그래. 그 페이스를 잃지 않도록 해. 그럼 먼저 간다."

"앗."

페이스를 올려 마히루를 추월했다. 그러자 마히루는 내 뒤에 따라붙었다.

"유우 오빠한테는 안 져— 하아, 하아."

"말하자마자 그러냐."

아니나 다를까 갑자기 스피드를 올려서 그런지 마히루는 숨을 헐떡이기 시작했고, 결국 원래 페이스로 돌아가 버렸다. 난 속도를 늦춰 다시 마히루와 합류했다.

"잘 들어, 아까 전에도 말했지만 오래달리기는 말이야, 같은 페이스를 유지하는 게 제일 중요해. 다른 사람의 페이스에 휩쓸리지 않는 것, 그걸 못하면 내일도 오늘과 똑같은 실패를 할 뿐이야."

"으윽, 알았어."

그리고 우린 한동안 공원에서 오래달리기 연습을 했다.

"하아, 하아, 상쾌하게 땀 흘렸네. 후우."

건방진 꼬맹이들의 연습에 어울려주는 사이에 나도 모르게 진지하게 달려 버렸다. 농구부에서 은퇴한 후에 이렇게까지 숨이 찰 정도로 운동한 건 오랜만일지도 모른다. 나도 곧 고등학교 행사로 마라톤 대회가 있으니 좋은 연습이 되었다.

꼬맹이들은 달리는 게 질렸는지 어느샌가 공원의 놀이 기구로 놀고 있었다. 내가 다 달린 것을 알아차리자 셋은 가볍게 뛰어서 왔다. 그와 동시에 오후 4시를 알리는 시보가 울렸다.

"유우 오빠, 엄청 빨랐어요."

아사카가 존경하는 눈빛으로 날 바라봤다.

"하아, 농구부에서, 하아, 하아, 매일 뛰었으니까."

"1회전에서 진 주제에."

"시끄러워 미야. 하아, 그보다 너희들, 하아, 하아, 자기 페이스는 잘 찾았어?"

"응."

"그럼."

"네."

"하아, 후우, 좋아, 그럼 집에 가서 간식이라도 먹을까. 하아."

"오~."

"오~."

"오~."

그리고 앞으로 가는 꼬맹이들의 뒤를 따라서 한 걸음 내딛었다.

"하아, 하아. 잠깐, 애들아. 후우, 하아."

"뭐야?"

"왜?"

"왜 그러세요?"

꼬맹이들은 걸음을 멈추고 뒤돌아봤다.

"스톱."

확신은 없다.

감이라고나 할까. 이대로 공원에서 나가면 큰일이 날 것 같다는 예감이 들었다.

"하아, 하아, 잠깐, 내 호흡이 안정될 때까지, 하아, 하아, 기다려줘."

난 호흡을 가다듬었다. 그 순간, 공원 출입구 앞으로 순찰 중인 경찰의 하얀 오토바이가 가로질러 갔다.

"뭐야~."

"빨리 가자."

"유우 오빠, 힘들어요?"

"괜찮은데, 조, 조금만 더 기다려."

감은 역시 맞았다.

그대로 공원에서 나갔으면 순찰하는 경찰관과 딱 마주쳐서 말도 안 되는 오해를 샀을지도 모른다.

과한 걱정일지도 모르지만 내가 '헉헉대면서 여자 아이 뒤를 따라다니는 남자'로 오인당하는 시나리오를 쉽게 상상할 수 있었다.

우리가 돌아갈 무렵에 경찰관이 눈앞으로 가로질러 가다니, 마치 누군가가 꾸민 듯한 타이밍…… 아무리 그래도 비상식적인 생각이겠지.

경찰에게 오해받는 일이 많기는 하지만 걱정이 너무 심하다고.

"좋아~, 진정됐으니까 집에 가자."

우린 다시 귀로에 올랐다.

"유우 오빠, 배고파."

마히루가 내 손을 잡았다.

"그렇네, 뛰어서 칼로리를 소비했으니 뭔가 든든한 걸 먹고 싶네."

유산소운동은 아무튼 배가 고파진다.

"추우니까 야채호빵 먹고 싶어"라고 미야가 말했다.

"알았어 알았어. 그럼 편의점에 들렀다 갈까. 수분 보충도 해야 하니까."

그리고 우린 야채호빵과 주스로 지친 몸을 달랬다.

건방진 꼬맹이를 프로듀스

1

"──그러니 이번에도 종업식 뒤에 종업 파티를 합니다~."

담임 선생님이 그렇게 말하자 학생들은 마치 날고기를 받은 들개처럼 큰 소란을 피웠다.

"아싸~."

"이야후~."

"우효~."

"선생님, 과자 가져와도 돼~?"

"되는데 300엔까지다~."

각 학기 마지막 날에 반 친구들과 다 같이 즐겁게 노는 모임은 많은 사람들이 체험한 적이 있을 것이다.

종업 파티, 레크리에이션, 반 모임…….

명칭은 달라도 그 취지는 전부 똑같다.

보통 학교에 과자를 가져오는 건 허용되지 않지만 그날만은 특별히 허가가 떨어진다. 과자를 가지고 모여서 각자가 사전에 준비한 행사──노래나 마술이나 연극 등등──를 선보이고 다 같이 놀며 반의 결속을 다지는 것이다.

"있잖아, 뭐 할까."

쉬는 시간이 되어서 미야는 마히루와 아사카에게 상담했다. 2학기 종업식까지 앞으로 일주일 정도밖에 없으니 연습할 시간도 더하면 어떤 공연을 할지는 빨리 정해둬야 한다.

"1학기 때는 퀴즈 대회를 했는데, 똑같은 건 좀 그렇지."

마히루는 팔짱을 꼈다.

"카오리네는 마술 한대."

아사카가 말하자 미야는 짝 하고 손뼉을 쳤다.

"아~, 그 방법이 있었나."

"에, 미야 마술 할 수 있어?"

"어, 못 하는데."

"그럼 안 되잖아."

어떤 공연을 선보일 것인가. 꼬맹이들은 머리를 싸매고 고민했다.

"음~."

"음~."

"음~."

그때 반에서 제일가는 까불이 세리자와와 그 친구들이 왔다.

"야 류샤쿠, 너희 아직도 뭐 할지 안 정해졌냐?"

"아직. 그보다 종업 파티를 한다는 건 아까 막 정해졌잖아."

"세리자와네는 정해졌어?"

아사카가 물어보자 세리자와 일행은 입꼬리를 씨익 올렸다.

"후후훗, 우리는 콩트다."

"콩트?"

미야는 고개를 갸웃했다.

"그게 뭐야"라고 말하는 마히루.

"뭐야, 너희 콩트 모르냐."

세리자와는 의기양양하게 가슴을 젖히고 말했다.

"뭐, 너희가 하는 것보다 재밌고 즐거울 거라는 건 확실하지."

"뭐라고?"

"종업 파티를 기대하고 있으라고. 후후후, 흐하하하하, 와~핫핫하."

세리자와는 크게 웃으면서 발길을 돌렸다.

"끄으응. 미야, 아사카, 무조건 저 녀석들보다 대단한 걸 하자."

"으, 응."

"알았어."

그렇게 말하긴 했지만 무엇을 어떻게 하면 될지 전혀 짐작도 안 되는 건방진 꼬맹이들이었다.

2

집에 돌아가니 1층에 있는 가게 쪽에서 건방진 꼬맹이들이 언짢은 표정으로 테이블에 둘러앉아 있었다. 노트를 펼치고 연필을 쥐고 있는 걸 보아하니 한창 숙제를 하는 중인 걸까.

"다녀왔습니다."

"어서 와"라고 말하며 어머니가 주방에서 얼굴을 내밀었다.

"앗, 유우 오빠다."

미야가 내가 온 걸 알아차렸다.

"어서 와~."

"어서 와."

"어서 오세요."

"그래. 숙제하고 있냐, 장하네."

"아니야"라면서 마히루가 고개를 들었다.

"뭐 하고 있어?"

마히루 바로 앞에 있는 페이지를 들여다보니, 그 페이지에는 미숙한 글씨로 항목별로 뭔가가 적혀있었다.

콩트를 이긴다!

· 마술

· 그림 연극

· 퀴즈 대회

"뭐야 뭐야."

전혀 뭔지 모르겠다.

"애들아, 이게 뭐야."

"세리자와랑 다른 애들이 하는 콩트를 이기기 위해 재밌는 걸 생각하는 거야."

마히루가 주먹을 꼭 쥐고 말했다.

"무슨 소리야."

"사실은——"이라면서 아사카가 사정을 이야기하기 시작했다.

"——그렇군."

종업식 후의 종업 파티에서 할 공연에 대한 아이디어를 짜고 있는 건가. 어떤 남자 아이들 그룹은 콩트를 하는 모양인데, 그에 대항심을 불태우고 있는 것 같다.

"종업 파티인가. 뭔가 그립네."

"유우 오빠도 한 적 있어요?"

"그럼. 초등학생 때 했지."

"근데 유우 오빠, 콩트가 뭐야?"

미야가 진지한 얼굴로 물어봤다.

"콩트라는 건 연극 같은 개그야. 아마 너희도 텔레비전에서 자주 봤을 거야."

그건 그렇고 초등학교 1학년이 콩트에 도전하다니, 세리자와라는 소년의 마음은 쇳덩어리인가?

"유우 오빠, 뭐 좋은 아이디어 없어?"

"아이디어라…… 오, 여기에 마술 있잖아."

"난 마술 못 하는걸."

"나도."

"그리고 마술은 다른 그룹이 해요."

그럼 왜 후보로 적은 거야.

"그래도 말이지, 이런 공연의 정석은 마술인데. 그걸 못한다면……."

"음~, 또 퀴즈 대회 할래?"
미야가 포기한 것처럼 둘러봤다.
"안 돼. 지난번이랑 똑같은 걸로는 세리자와네한테 못 이겨."
아무래도 지난번── 1학기 종업 파티에서는 퀴즈를 한 모양이다.
어차피 아이들이 하는 거다. 어렵게 생각할 필요도 없다고 생각하는데. 그때, 텔레비전에서 화사한 음악이 나오기 시작했다.
'오늘의 게스트는『신데렐라』의 쥬자키 린코입니다.'
버라이어티 방송의 게스트로 출연한 사람은 요즘 유행하는 아이돌 유닛 '신데렐라'의 절대적인 에이스, 쥬자키 린코였다.
난 딱히 아이돌 같은 것에 관심은 없지만 아이돌을 좋아하는 친구가 많아서 지식으로 알고 있다. A○B나 노○자카, ○─Girls와 모모○로와 아이○링 등등, 다양한 여성 아이돌이 패권을 다투는 아이돌 전국시대에 넘버원의 인기를 자랑하는 게 바로 '신데렐라'다.
젊고 실력 있는 프로듀서 모바 마스노리, 통칭 '모바P'의 지휘 아래 작년 11월에 데뷔한 '신데렐라'. 그 인기는 대단해서 남녀노소 가리지 않고 다양한 층에 인기가 있어 내가 다니는 학교에도 팬이 많다.
쥬자키 린코는 신곡 선전을 위해 출연한 것 같았고, 이윽고 화면은 '신데렐라'의 신곡 MV로 전환되었다.
"난 '신데렐라' 좋아~."
마히루가 눈을 반짝반짝 빛내면서 텔레비전을 봤다. 화사한

MV를 멍하니 보고 있던 내 머리에 영감이 떠올랐다.

"그렇지. 너희들 아이돌 하면 되지 않아?"

"아이돌 말인가요?"

아사카는 불안한 표정을 지었다.

"그래. 아이돌의 곡을 연습해서 사람들 앞에서 노래하고 춤추는 거야."

"에에, 아이돌이구나~, 뭔가 부끄러울지도~."

미야가 몸을 배배 꼬았지만 말과는 반대로 솔깃한 표정이었다.

"그걸로 세리자와랑 다른 애들을 이길 수 있어?"

마히루가 물었다.

"그거야 아이돌은 임팩트도 충분하니까 안무도 제대로 연습하고 노래도 잘하면 이길 수 있지 않을까?"

"좋아, 미야, 아사카, 아이돌 하자."

"오~."

"오~."

"그래서 유우 오빠, 어떤 걸 하면 돼?"

마히루가 진지한 표정으로 날 봤다.

"내가 가르치는 거냐."

이렇게 말하긴 했지만 내가 제안했으니 협력해줄까. 난 바로 건방진 꼬맹이들의 프로듀스를 시작하기로 했다.

종업 파티의 공연이라는 걸 생각하면 받을 수 있는 시간은 기껏해야 한 팀 당 10분도 안 될 것이다. 연습 기간은 일주일 정도밖에 없는 것 같고, 이 녀석들이 여러 곡을 연습해도 외울 수 있을지 의심스럽다.

이런 경우에는 한 곡으로 좁혀서 그 곡을 열심히 연습하는 게 좋을 것 같다.

"'신데렐라' 노래가 좋아."

마히루가 졸랐다.

"알았어 알았어."

친구 중에 '신데렐라'의 열광적인 팬이 있으니 그 녀석한테 CD와 DVD를 빌려오고, 노래와 춤은 그걸로 연습한다…… 남은 건 의상이군.

사복으로 아이돌 노래를 부르는 것도 아이다워서 귀엽다면 귀엽지만, 이왕 하는 거라면 의상도 신경 쓰고 싶은 포인트다. 의상이 있느냐 없느냐에 따라 차이가 크다.

"미쿠 씨한테 제작을 부탁할 수 있을까……?"

미야의 어머니, 미쿠 씨는 지역의 어느 극단에서 의상 담당으로 일했다고 하며 옷이나 의상을 직접 만드는 게 취미다. 이전에 할로윈 때도 건방진 꼬맹이들에게 직접 코스프레 의상을 만들어줬으니—어째서인지 내 것도 있었다— 아이돌 의상도 만들어줄지도 모른다.

"좋아, 잠깐 갔다 올 테니까 놀면서 기다리고 있어."

"네~."

"네~."

"네~."

난 집에서 뛰쳐나와 우선 이웃집인 하루야마가로 갔다.

“어머, 유우 군, 무슨 일이니?”

미쿠 씨에게 사정을 설명하고 의상 제작을 부탁했다.

“——그렇게 된 거예요.”

“흐음, 재밌겠네.”

좋아, 반응이 좋다.

“만들어주실 수 있나요?”

“좋아. 하지만 그 대신——.”

“네?”

미쿠 씨는 싱긋 미소 지으면서,

“다음에 유우 군도 의상 모델을 해줄 수 있을까?”

“에?”

“마침 제작에 착수하려던 게 있는데, 유우가 받아들여준다면 아이돌 의상을 먼저 만들어줄게.”

“참고로 어떤 의상이죠?”

“비, 밀.”

미쿠 씨는 음흉한 웃음을 지었지만 나에겐 거절한다는 선택지가 없었다.

“아, 알겠어요.”

“고마워!”

이렇게 의상 확보에 성공한 나는 다음 목적지로 향했다.

“어라? 아리츠키, 무슨 일이야?”

“사실은——.”

다음으로 향한 곳은 ‘신데렐라’의 팬인 친구의 집. 사정을 이야기하고 '신데렐라'의 CD와 DVD를 빌리는 데 성공한 나는 서둘러 집으로 돌아갔다.

"왔어."

꼬맹이들은 게임을 하고 있었는지 사이좋게 침대 가장자리에 나란히 앉아있었다.

"자, CD 빌려왔어. 의상도 미쿠 씨한테 부탁하고 왔고."

"좋아, 그럼 바로 연습하자."

미야는 케이스를 열어 MV가 수록되어 있는 DVD를 플레이어에 넣었다. 잠시 후, 아이돌들의 영상이 텔레비전에서 나오기 시작했다.

"예쁘다~."

"예쁘다~."

"예쁘다~."

"너희들 연습하는 거 아니었냐."

"우선은 춤을 잘 봐야지"라고 말하는 마히루.

"그건 그렇네."

그리고 연습할 곡을 고르기 위해 몇몇 MV를 보고 선곡하기 시작했다. 선보일 곡이 정해지자 그 MV를 차분히 몇 번이나 반복해서 보고 움직임의 흐름을 확인했다. 그런 뒤에 꼬맹이들은 춤 연습을 시작했다.

하지만――,

"어라~?"

"잠깐, 지금 부분 멈춰줘."

"여긴 어떻게 된 걸까."

MV라 해도 처음부터 끝까지 고정된 시점으로 찍는 게 아니라서 각도나 컷이 전환될 때마다 움직임을 파악하기 어려워진다.

꼬맹이들은 보고 흉내 내서 춤을 췄지만, 아이라는 점을 감안하더라도 완성도는 별로 좋지 않았다. 이래서는 시간이 아무리 지나도 능숙해지지 않는다.

"음~, 얘들아, 일단 오늘은 노래 연습만 해둘까."

"하지만 노래하고 춤추는 게 아이돌이에요."

"아사카의 말대로야~."

미야가 큰 소리로 말했다.

"그래도 말이야, 애초에 어떤 식으로 움직이고 있는지를 모르면 연습할 방법이 없잖아?"

"그렇네"라고 말하는 마히루.

"오늘은 면허 학원에 안 가서 한가하니까 어떤 안무인지 정리해줄게. 그러니까 춤 연습은 내일부터 하자."

"그렇게 할까."

아사카가 말했다.

"어쩔 수 없네."

마히루는 팔짱을 꼈다.

그리고 꼬맹이들은 가사 카드를 보면서 노래를 연습했다.

3

그날 밤.

"유우, 욕실 비었어. 유우? ──!"

사야카는 전율했다.

아들의 방을 들여다보니, 거기에는 열심히 아이돌의 노래 안무를 연습하는 자식의 모습이 있었기 때문이다.

"헛, 헛 헛."

"유우?"

"하앗, 하앗, 하~앗."

춤에 열중하느라 내가 있다는 건 전혀 알아차리지 못했다.

"헛, 헛, 그리고 여기서 턴, 다음에 이렇게인가─ 왓, 뭐야, 엄마."

빙글 1회전 한 아들과 한순간 눈을 마주쳤다. 아들은 얼굴을 새빨갛게 물들였다.

"이, 이건 그게 아니라, 그 녀석들한테 안무를."

"아, 욕실 비었어. 괜찮아, 남자애라면 아이돌한테 관심이 있는 게 당연하니까."

"아니라니깐."

아이돌을 동경하는 건 이상한 일이 아니다.

아무것도 못 본 걸로 해주자.

사야카는 조용히 문을 닫았다.

"말 좀 들어~!"

*

그 후, 오해는 잘 풀렸다.

1

오후 수업을 듣고 있어도 머리는 다른 생각을 하고 만다.

문득 옛날 일을 떠올렸다.

나와 미야와 아사카, 그리고 유우 오빠. 넷이서 즐겁게 보낸 어린 시절. 이젠 즐거웠던 그 시절로는 돌아갈 수 없다. 언덕에서 구르는 공은 갈 데까지 가지 않으면 멈추지 않으니까.

수업이 끝나고 부활동이 시작된다. 연애뿐만이 아니다. 고등학교 선수권 대회의 지역 예선에 대비해서 배구도 열심히 해야 한다. 그날은 오후 8시 반까지 착실하게 연습했다.

"그럼 수고했어~."

"고생하셨습니다~."

부활동은 끝났는데, 오늘은 늦었으니까 유우 오빠네 집에는 못 가려나. 샤워를 하고 옷을 갈아입고 하면 9시가 넘어버릴 것 같아. 너무 늦으면 유우 오빠한테도 폐가 될 테고.

"……."

하지만 보고 싶으니까 일단 물어보자. 스마트폰을 꺼내 유우 오빠에게 라인을 보냈다.

'지금 가도 돼?'

'돼.'

바로 답이 왔다.

"좋았어."

샤워를 하고 교복으로 갈아입었다.

하늘은 완전히 어두워졌다. 샤워를 한 뒤라서 밤바람이 조금 차갑다. 〈문 나이트 테라스〉로 가는 도중에 오늘 유우히에게 연애 상담을 한 것을 떠올렸다.

그녀의 말로는 난 아무래도 상사병이라는 것에 걸린 모양이다. 그런 게 현실에 존재하는지 아닌지는 제쳐두고, 이 병세를 완화하기 위해서는 유우 오빠와 스킨십을 하거나 해서 익숙해지는 수밖에 없을 것 같다.

"스킨십이라……."

어렸을 때는 자주 안기거나 했지만 어른이 된 지금은 그런 건 좀 어렵단 말이지. 잘 생각해보니 어제 그렇게 한 것도 꽤 아슬아슬할지도.

유우 오빠의 손을 꼬옥 안다니…….

하지만 그 정도는 하지 않으면 아사카에게는 못 이긴다. 그도 그럴게 아사카는 밤에 갑자기 유우 오빠를 덮칠 정도니까. 브레이크가 고장난 건지 처음부터 안 달려있는 건지는 모르겠지만, 아사카는 유우 오빠를 차지하기 위해서는 수단을 가리지 않을 것이다.

그렇다면 나도 아사카에게 지지 않을 정도로 유우 오빠에게 공세를 펼쳐야 해!

"……좋아."

기합을 넣어라, 나. 연애는 이기지 않으면 의미가 없어.

"가자."

이윽고 〈문 나이트 테라스〉에 도착했다.

"어머, 마히루. 부활동 끝나고 오는 길이야?"

아주머니가 맞이해줬다.

"네."

"오늘은 늦었네. 밥 먹고 갈래?"

"그럼, 먹을게요."

"미야도 와있어."

아주머니의 말대로 유우 오빠의 방에 올라가니 미야가 있었다. 테이블 위에 공부 도구를 벌여놓고 약간 피곤한 얼굴을 하고 있었다. 옆에는 빈 잔이 5개나 있어서 오랜 시간 열심히 공부했다는 걸 알 수 있었다.

"아, 마히루. 늦었네."

"미야, 이런 시간까지 공부하는 거야?"

"응, 이제 지쳤어."

유우 오빠는 침대 끄트머리에 앉아 책을 읽고 있었다. 단 둘이 있었던 건가. 좋겠다, 미야는 자연스러운 모습 그대로 유우 오빠 곁에 있을 수 있어서.

"안녕, 마히루."

"유우 오빠."

난 유우 오빠 옆에 앉았다. 미야의 등이 딱 눈에 들어왔다.

"마히루~, 힘들어~."

미야는 그대로 내 다리에 등을 기댔다.

“어쩔 수 없네, 어깨 주물러줄게.”

손을 미야의 어깨에 올려 적당히 주물러줬다.

“아아~, 시원하다~.”

“야 미야, 마히루가 더 피곤할 텐데.”

“괜찮아.”

“흐에~, 살살 녹는다~.”

표정이 흐리멍덩해진 미야는 온몸의 힘을 빼고 침대 가장자리에 기대 그대로 눈을 감았다.

“야, 자지 마”라고 말하는 유우 오빠.

“안 자. 눈만 감고 있어~.”

문득 생각이 번뜩였다.

“아, 유우 오빠도 해줄게.”

이러면 자연스럽게 스킨십을 할 수 있어!

“어?! 아니 난 괜찮은데.”

“사양하지 마.”

“마사지 받지 그래? 시원하다구.”

미야는 눈을 감고 여운에 잠긴 채로 말했다.

난 유우 오빠의 뒤로 이동해 어깨에 손을 뻗었다. 단단하고 뜨거운 감각이 손바닥에 전해졌다. 꾹꾹 힘을 주자 마치 내 손을 밀어내는 듯한 탄력이 느껴졌다.

“어때?”

“아아, 시원하네.”

남자의 몸은 역시 단단하구나.

"……꽤 많이 뭉쳤네."

이때, 난 어떤 사실을 깨달았다.

어라?

유우 오빠 앞인데 평소대로 행동할 수 있네?

〈문 나이트 테라스〉에 오기 전에 느꼈던 긴장도 어느 샌가 사라져 있었다. 어제는 생각대로 내 모습을 보여주지 못했는데, 어째서…….

어제와 오늘의 차이.

그런가, 오늘은 미야가 있어서 그렇구나!

유우 오빠를 의식하게 되는 건 단 둘이 있기 때문이고, 미야가 같이 있으면 내 마음은 불안정해지지 않을지도 몰라. 그러고 보니 일요일에 아사카가 있었을 때도 평소와 똑같이 행동할 수 있었어.

"흐흥."

시험 삼아 그대로 은근슬쩍 가슴을 들이대보니 유우 오빠가 등을 꼿꼿이 폈다. 유우 오빠는 동요하고 있는 것 같지만 난 평정심을 유지하고 있다. 그야, 부끄럽다면 부끄럽지만, 참을 수 없는 정도는 아니다.

그렇군. 좋은 걸 깨달았다. 미야가 있는 지금 스킨십을 마구 해서 익숙해지자.

"야, 야 마히루."

유우 오빠는 이쪽을 돌아보며 작은 목소리로 말했다.

"왜?"

"다, 닿고 있어."
"뭐가~?"
나는 유우 오빠의 등에 몸을 맡기듯이 체중을 더 실었다. 탄탄한 등에 짓눌리는 듯한 느낌.
"자, 끝."
"고, 고마워."
"마히루~ 다 됐어~."
아주머니가 나폴리탄과 콜라를 가져다주셨다.
"감사합니다~."
"좋겠다, 맛있어 보여."
미야는 그제야 눈을 뜨고 테이블 위에 놓인 요리를 먹고 싶다는 듯이 바라봤다.
"미야도 먹을래?"
"먹을래!"
"그럼 한 그릇 더 만들어 올게."
"기분 전환으로 나도 도와줄래."
"그래 그래."
그렇게 미야는 아주머니와 함께 방에서 나갔다.
남겨진 사람은 나와 유우 오빠.
"……."
"……."
그걸 의식하자 이때까지 평정심을 유지하고 있던 내 마음은 불타는 듯한 두근거림에 지배당했다. 미열이 있는 것처럼 머리

가 멍하니 무거워지고 몸 안쪽이 뜨거워졌다.

아아, 아까 전에 가슴을 들이댄 게 이제 와서 부끄러워지기 시작했어. 나, 너무 경솔했어! 오, 오늘은 이만 집에 갈까.

"……."

아, 안 돼. 지금이 분발할 때야, 류샤쿠 마히루.

열심히 스킨십을 해서 우선 내성을 기르는 게 당면 목표라고 오늘 막 정했잖아.

"아, 그, 유우 오빠. 아까 전에 하던 거, 계속 해줄까."

"어?"

나는 나폴리탄에는 눈길도 주지 않고 유우 오빠 뒤로 돌아왔다. 얼굴을 보지 않으면 부끄럽지 않을…… 리가 없었고, 아까 전과 똑같은 일을 하고 있을 텐데 심장이 쿵쿵 뛰는 게 가라앉지 않았다.

"마, 마히루. 그러니까 닿고 있다니깐."

"이런 거 싫어?"

"그런 게 아니라."

유우 오빠의 몸이 점점 뜨거워지는 걸 알 수 있었다. 이건 상당히 효과가 있는 것 같다. 그리고 이렇게 서로 맞닿아 있으니 나도 왠지 기분이 좋아진다.

얼마 안 있어 계단을 올라오는 소리가 들려왔다.

"유우 오빠, 오늘은 여기까지야."

"어, 어어."

난 테이블 앞에 다시 앉아 포크를 쥐었다.

"기다렸지~."

미야가 일본풍 스파게티 접시를 양손으로 들고 돌아왔다.

"유우 오빠, 아줌마가 먹을 거면 직접 만들러 오래."

"그래, 알았어."

하지만 유우 오빠는 일어설 기색을 보이지 않았고, 몸을 앞으로 숙이고 눈을 감고 심호흡을 반복하기만 했다.

"왜 그래? 유우 오빠."

미야가 포크를 손에 들고 물었다.

"아니, 아무것도 아니야…… 아무것도."

2

다음 날, 수요일.

나와 마히루는 북적이는 식당에서 어떻게든 자리를 확보해 점심을 먹었다. 오늘은 도시락을 가져왔다. 문어 모양 비엔나 소시지를 젓가락으로 집으면서 말했다.

"그러고 보니 말이야, 다음 주에 유우 오빠 생일이지?"

"그렇네."

마히루는 특대 카츠동 정식을 먹고 있었다. 그건 그렇고, 저만한 양이 용케도 위장에 들어간다. 역시 저 가슴이 영양분을 탐내고 있을 것이다.

"뭐 줄래? 아까 아사카한테 라인 했는데 이미 준비했다고 하니까 각자 준비해도 되겠지?"

1교시 쉬는 시간에 아사카에게 라인으로 메시지를 보냈는데, 유우 오빠의 생일 선물은 이미 정했다고 한다.

"아사카는 뭐 준대?"

"그게 있지, 비밀이래."

아사카는 '서프라이즈 느낌을 내고 싶다'는 메시지를 보냈다. 우리에게도 비밀로 하다니, 상당히 의욕이 넘친다.

"……흐~음, 비밀인가."

"너무 비싼 건 선물할 수 없지만, 괜찮은 걸 주고 싶단 말이지."

"그렇네. 뭐, 무난한 건 옷 같은 것이려나."

하지만 남자의 생일 선물은 유우 오빠랑 아버지 외에는 준 적이 없어서 고민되네.

"마히루, 옛날에 유우 오빠한테 준 선물 기억나?"

마히루는 아련한 눈으로,

"음~, 무슨 소원이든 들어주는 티켓, 이지?"

"맞아 맞아, 그립네!"

"유우 오빠, 그건 결국 안 썼지."

"그치~."

"지금도 가지고 있을까."

"글쎄. 아마 책상 서랍 안쪽 같은 곳에 끼어있을지도── 아."

"왜?"

"아아, 아니, 아무것도 아니야."

뭐든지 들어준다는 말 때문에, 터무니없는 것을 떠올리고 말았다.

반년 정도 전에 유우 오빠가 10년 만에 돌아왔을 때, 내가 약간 장난스러운 마음으로 시작한 이름 맞히기 게임. 그 보상으로 무슨 소원이든 들어준다는 약속을 유우 오빠와 한 것을 완전히 잊고 있었다.

큰일이다.

만약 유우 오빠가 그걸 아직 기억하고 있어서.

'크헤헤헤헤. 미야, 너 괜찮은 여자가 됐구나.'

'유, 유우 오빠, 안 돼.'

'괜찮아, 무슨 소원이든 들어주는 거잖아?'

'아아아~.'

이런 일이 일어나면 어떡하지.

그, 그래도 유우 오빠니까 그런 야한 짓은 안 할 거라 생각하지만, 무슨 소원이든 들어준다고 했으니. 유우 오빠가 어떤 요구를 해도 난 응해야만 해.

나, 나는 딱히 유우 오빠라면 그런 걸 해도 상관없고, 막연히 그런 사이가 될 것이라는 예감은 든다. 하지만 일에는 순서라는 게 있고——.

"……으으."

"미야. 왠지 얼굴이 빨개."

"아, 아무것도 아니야."

"몸 상태 안 좋아?"

"괜찮다니깐."

"그래?"

아무 말도 하지 않는다는 건 아마 유우 오빠도 잊은 거겠지. 일단은 내가 먼저 말하지 말자.

"미야, 오늘도 유우 오빠네에서 공부할 거지?"

"어? 응."

"나도 부활동 끝나면 갈 테니까 기다려줘."

"좋아."

"땡큐."

생긋 웃은 마히루의 얼굴이 어딘가 야릇하게 보인 건 내 기분 탓일까.

3

정오의 종이 가을의 쾌청한 하늘에 울려 퍼졌다. 점심시간은 음식점의 장사가 잘 될 때다. 이곳 〈문 나이트 테라스〉도 다른 음식점과 마찬가지로 이 시간대는 붐빈다.

비교적 느긋하게 보낼 수 있는 오전과는 전혀 다르게 몇 분 간격으로 손님이 오고 순식간에 자리가 차버린다.

"유우, 이거 가져가."

"호이호이."

다음은 저쪽이야."

"예이예이."

주방과 싱크대, 그리고 홀을 왔다 갔다 하느라 아주 바쁘다. 한숨 돌릴 틈도 없다. 하지만 이렇게 바쁜 건 괴롭지 않다. 일하고 있다는 실감이 나는 데다가 일 생각으로 머리가 가득 차기 때문에 쓸데없는 생각을 하지 않아도 되기 때문이다.

일손을 멈추니 어젯밤에 느낀 마히루의 감촉이 등에 되살아나는 듯한 느낌이 들었다. 그보다 그걸 떠올린 것부터 이미 위험하다. 정욕이라는 이름의 잡념을 떨쳐내듯이 몸을 움직였다.

"오래 기다리셨습니다── 어이쿠."

"유우, 뭐 하는 거야!"

너무 빠릿빠릿하게 움직여서 발이 꼬여 넘어질 뻔했다. 하지만 그런 일로 멈출 내가 아니다. 긴장을 풀면 마히루가 들이댄 가슴의 감촉이 내 이성을 흔드니까.

설마 마히루가 그렇게 직접적인 행동을 할 줄은 몰랐다. 어깨를 주무르는 척을 하면서 그 빵빵한 가슴을 들이대다니, 남자의 마음을 아주 잘 알고…… 있는 게 아니라, 앞날이 두렵다.

"……하아."

차라리 욕망에 휩쓸릴 수 있으면 좋겠다는 생각을 하기도 한다.

마히루도 아사카도 범하고 옆에 낄 수 있는 쓰레기가 될 수 있다면 이렇게 고민할 필요도 없지 않았을까.

이 세상에는 사랑하는 아내와 아이가 있는데 가정 밖에서 여자를 만드는 남자와, 외도 상대를 몇 명이나 두는 남자가 있다고 들었다.

그런 남자라면…… 아니, 편견은 그만두자.

남자라면 누구든 지금의 날 둘러싼 상황은 당연히 최고의 상황이라 생각할 것이다. 젊고 예쁜 두 미소녀가 구애하는 것은 러브코미디 만화의 세계라면 정석적인 상황이다.

그리고 이게 만약 내가 아니라 내 친구의 이야기였다면 난 분명 그 녀석이 부럽다고 생각했을 것이다.

하지만 막상 자신이 그런 상황 속에 있는 인물이 되어보니 기쁜 것보다 정신적인 피로가 더 컸다. 자신의 선택이 그녀들의 인생에 큰 영향을 주기에, 그 책임은 중대하다.

이윽고 손님이 빠져나갔고, 오후 1시를 넘겼을 무렵에는 한 쌍의 노부부만이 테라스석에서 사이좋게 차를 즐겼다.

"후우."

오늘은 평소보다 회전이 빨랐어.

"그럼 먼저 휴식 들어갈게."

어머니가 먼저 휴식에 들어가기 위해 계단을 올라갔다. 어머니가 2층에 올라간 지 2분 정도 경과했을 때 딸랑딸랑 하고 도어벨이 울렸다.

"안녕하세요."

입구를 보니, 거기에 있는 사람은 시모무라 히카리였다.

촉촉하고 윤기 있는 흑발을 묶어 오른쪽 어깨에 늘어뜨리고 슬렌더한 몸매에 하얀 티셔츠와 타이트한 청바지를 깔끔하게 입고 있었다. 테니스에 청춘을 바친 스포츠 소녀의 모습을 간직하면서도 성숙한 어른 여성의 매력을 지니고 있었다.

"뭐야, 시모무라냐."

"어서 오십시오"라고 하는 아버지.

히카리는 칼피스를 주문하고 카운터석에 앉았다.

"오늘은 사야카 씨한테 볼일이 좀 있어서요. 그 왜, 가을 축제에 대한 상의를——."

"아아, 지금 잠깐 휴식하러 갔으니까 불러올게."

"아, 휴식 중이었어? 미안하니까 됐어. 기다릴 거니까 괜찮아."

후지노미야시에서는 1년에 두 번, 센겐상에서 5월과 11월에 대규모 축제가 열린다. 5월에 열리는 건 야부사메 연무를 중심으로 한 야부사메 축제. 11월에는 센겐 대사 주변 지역에서 축제용 수레를 끌고 다니는 가을 축제가 열리며 두 축제 모두 성황을 이룬다.

이야기를 들어보니, 오늘 밤에 시모무라가에서 지역 회의를 하니까 어머니에게 출석을 부탁하러 왔다고 한다.

"기다리는 동안 뭐 좀 먹고 갈래?"

"오, 장사 잘하네. 그렇네, 그럼 나폴리탄 하나."

아버지가 '네' 라고말하고 주방으로 향했다. 좋은 타이밍이다.

"그러고 보니 말이야, 좀 물어보고 싶은데."

"응, 뭐야?"

굳이 물어볼 필요도 없을 정도로 뻔하다고 생각하지만, 제삼자, 그것도 여자의 의견이라는 것도 중요할 테니 일단 물어봤다.

"양다리에 대해 어떻게 생각해?"

"뭐?"

히카리가 미간을 찌푸렸다.

"아니, 이상한 의미가 아니라…… 그, 그 왜, 요즘 연예인이 바람을 피워서 그런 게 많잖아? 어제도 와이드쇼에서 나왔고. 시모무라는 그런 짓을 하는 남자를 어떻게 생각하나 싶어서――"

"최악이지 최악. 그런 짓을 하는 남자는 ○○(자체검열)해서 ○○(자체검열)을 ○○○○○○(자체검열) 하지 않도록 해야 해."

"아, 그렇구나."

"아니, 그렇잖아? 몰래 양다리를 걸칠 바에는 확실하게 헤어지고 나서 다음 여자한테 가는 게 인간의 도리지."

"그렇지, 으, 응."

왠지 히카리의 이상한 스위치가 켜져 버린 것 같다. 평소에 온화하고 밝은 히카리의 목소리가 위협적으로 변하기 시작했다. 그러고 보니, 그녀는 남편과 헤어지고 아이가 하나 있는 싱글맘. 말실수를 한 것일지도 모른다.

"아~, 그럼 예를 들어서 남자는 아직 아무하고도 안 사귀고 있고 결혼도 하지 않은 상태인데, 자기가 좋다고 하는 여자애 두 명이랑 동시에 사귀는 건."

"그게 제일 최악이지."

"그렇겠죠."

당연한 대답이다. 윤리적으로도 사회적으로도 양다리를 걸치는 건 용납되지 않는다. 역시 난 둘 중 한 명을 선택하는 수밖에 없는 것이다.

마히루냐, 아사카냐…….

"당사자들이 잘 이야기해서 서로 납득하고 있다면 몰라도……

뭐야? 아리츠키, 혹시 양다리 걸치려고 하는 거야?"

시모무라가 마치 조폭물의 등장인물 같은 날카로운 눈빛으로 날 뚫어져라 쳐다봤다.

"바, 바보야, 그그그그그, 그럴 리가 없잖아."

"그렇지."

이윽고 아버지가 나폴리탄과 추가한 칼피스를 들고 돌아왔다.

"맛있겠다. 잘 먹겠습니다~."

*

오후 3시를 넘은 시간, 작은 손님이 가게를 찾아왔다. 미소라, 타츠키, 메이 세 사람이다.

"어서 와."

"유우 씨."

메이는 내 앞에 오더니 미소 지으면서 올려다봤다. 어릴 적의 아사카 같아서 귀엽다.

"둘 다 콜라면 돼?"

미소라가 물어보자,

"난 사이다 마시고 싶은 기분"이라 말하는 타츠키.

"난 콜라면 돼."

메이가 말했다.

"테이블석에 앉아도 돼?"

"응."

"그럼 저쪽이 비어 있으니까."

셋은 창가의 4인석에 자리 잡았다. 일하는 짬짬이 자주 근처 공원에서 농구 등을 같이 하면서 놀아서 오늘도 농구를 하자고 부를 줄 알았는데, 미소라 일행은 공을 가지고 있지 않았다. 그 대신 셋은 각자 가늘고 긴 꾸러미를 들고 있었다.

주문받은 음료를 들고 셋이 있는 곳으로 갔다.

"미소라, 그거 뭐야?"

난 정체불명의 꾸러미를 내려다봤다.

"이거?"

미소라는 콜라를 한 입 마시고 꾸러미를 들어서 탁상에 펼쳤다. 안에서 나온 것은 두 자루의 목제 막대기.

"북채인가."

"북 연습이 있어요."

타츠키가 말했다. 햇볕에 잘 탄 테니스 소녀는 자신의 북채가 든 주머니를 들었다.

"아아, 북 말이지."

그렇군. 셋은 가을 축제 때 축제용 수레 위에서 북을 치는 역할을 맡은 것 같다. 축제용 수레 위에서는 북이나 피리 연주를 하는데 그 연습이 오늘부터 시작되는 모양이다.

"이미 몇 번이나 해봤어?"

"셋 다 올해 처음으로 참가해요."

타츠키가 대표해서 대답했다.

"그립네, 나도 어렸을 때 했어."

"와~, 유우 씨도요?"

메이가 말했다.

"그래 그래, 축제용 수레를 타고 친구랑 같이 북을 쳤지."

생각해보니 가을 축제도 10년만인가. 마지막으로 가을 축제에 참가한 건 건방진 꼬맹이들이 아직 1학년이었을 때…….

"미야랑 다른 애들도 북 쳤어"라면서 옛날이야기를 하자 미소라는 눈을 휘둥그레 떴다.

"엑, 언니가?"

믿을 수 없다는 말이라도 하고 싶은 모양이다.

"언니가 축제에 참가하다니."

"뭐, 그 시절에는 너희보다 더 어렸으니까."

초등학교 1학년 때의 미야의 버릇없는 모습은 도저히 이 아이들 앞에서 말할 만한 내용이 아니다. 미야의 명예를 위해 말하지 말자.

"타츠키네 엄마도 자주 축제용 수레 위에서 피리 불었어."

"아~ 엄마는 축제 같은 걸 엄청 좋아하니까."

"올해는 엄마도 해?"

"모르겠어요. 2, 3년 정도 전까지는 했는데."

시모무라가에서 가을 축제에 대한 회의를 한다고 점심 무렵에 가게에 온 히카리가 말했으니, 축제와 어떤 관련이 있을 것이다. 잠시 후, 셋은 북 연습을 하기 위해 구민관으로 향했다.

*

구민관에는 연습에 참가하는 동네 아이들, 그리고 가르쳐주는 어른들이 이미 모여 있었다. 그 중에서 가장 눈에 띄는 핫피 차림인 아빠── 하루야마 타이치의 모습을 보고 난 한숨을 쉬었다.

"있잖아, 아빠, 왜 축제 당일도 아닌데 핫피 같은 걸 입고 있는 거야?"

아빠는 북 연습 코치로 매년 참가하고 있다고 한다.

이런 이벤트에 부모님이 같이 참가하는 건 좀 부끄럽지만, 뭐, 그건 괜찮다. 문제는 복장이다. 다른 어른들은 물론 사복 차림이다. 핫피를 입고 있는 사람은 아빠뿐이었다.

"오오, 미소라. 늦었네."

"잠깐만, 진짜 부끄러우니까 좀 벗었으면 하는데."

"무슨 소리냐, 이게 축제의 정장. 말하자면 유니폼."

"유니폼으로 연습 안 하잖아."

너무 최악이다. 벌써 집에 가고 싶다.

"오오, 둘 다 왔구나."

"안녕하세요."

"안녕하세요."

타츠키와 메이는 고개를 꾸벅 숙였다.

"하아."

난 다시 무거운 한숨을 쉬고 한손을 이마에 댔다.

"미소라, 아버지도 같이 하는구나."

타츠키가 준비하면서 말했다.

"좋겠다"라고 말하는 메이.

"아냐 아냐, 부끄럽기만 하다니깐. 게다가 저런 모습으로……."

진짜로 핫피를 입은 채로 할 생각인 것 같다. 머리가 아파지기 시작했다.

"우린 아버지가 없으니까 부러워."

"그치~."

"그런가."

"좋아~, 다들 모여라~."

아빠의 호령에 따라 아이들이 모여들었다. 그리고 연습이 시작되었다.

4

"——그래서 말이야, 또 유우히한테 상담하러 왔어."

안뜰의 잔디에 마히루 선배와 나란히 앉았다. 오늘의 고민 상담 테마는 상당히 중요하다. 왜냐하면.

"생일 선물, 말인가요."

"맞아!"

"음~, 남자는 생일 선물로 어떤 걸 주면 좋아하는가…… 유우히, 남자한테 물건을 준 적이 없어서 잘 모르겠단 말이죠."

받은 적은 셀 수 없을 정도로 많지만. 남자를 상대로 생일을 축하한 적은 아버지나 할아버지 정도밖에 없어서 유우히는 경험이 없다.

"나도 그래."

"남자는 아무리 나이를 먹어도 게임을 아주 좋아하니까, 게임기나 게임 소프트 같은 것을 주면 대부분 좋아한다는 말은 자주 들었는데요."

"게임인가."

"상대는 게임 같은 거 해요?"

"음~, 가끔 하기는 하겠지만 그렇게 열심히 하는 모습은 본 적 없으려나."

"흐음. 그럼 순순히 그 사람이 좋아하는 것을 선물하면 되지 않나요? 어떤 취미가 있을까요? 그 사람은."

마히루 선배는 턱에 손을 대고,

"음, 분명 독서를 좋아한댔어."

"오오, 꽤 멋지네요. 그럼 좋아할 것 같은 책을 선물하는 게 가장 무난한가……?"

"응. 그리고 좋아하는 장르가 추리 소설, 이었나."

"아아. 참고로 마히루 선배는 독서 같은 건……?"

"전혀 안 해."

마히루 선배는 단언했다.

"그렇군요. 그럼 아까 전에 유우히가 한 말은 잊어주세요."

"엣?!"

"유우히는 여러 장르의 소설을 골고루 읽어서 그다지 신경 안 쓰지만 추리 소설 분야는 이래저래 공존이 성가셔── 가 아니라, 그러니까…… 다채로우니까 잘 모르는 사람이 건드리는 건

추천하지 않아요.

"그런 거야?"

"마히루 선배는 본격과 도서(倒敍) 미스터리의 차이를 아세요?"

"아니, 전혀."

마히루 선배는 얼굴 앞으로 손을 저었다.

"그럼 다른 걸 생각하는 편이 좋을 것 같아요."

"으~음."

"그리고 이건 어디까지나 유우히의 생각인데, 지금 마히루 선배의 상황을 고려하면 무난한 건 피하는 편이 좋아요."

선물이라는 건 결국 마음의 문제니까 무엇을 줘도 좋다고 생각하긴 한다. 다만 무난한 것을 선물하는 것도 생각해볼 일이다. 이건 가족이나 친구의 생일 선물이 아니라 자신의 짝사랑 상대에게 주는 선물이다.

연애는 행동 하나하나에 의미를 부여해 무기로 활용해 나가야만 한다. 상대의 생일이라는 날은 알기 쉽게 점수를 딸 수 있는 절호의 기회다.

게다가 마히루 선배에게는 연적인 여자가 있다고 하지 않는가.

당연히 그 사람도 마히루 선배가 좋아하는 사람에게 생일 선물을 줄 것이다.

그렇다면 그 사람보다 더 좋은 선물을 줘서 점수를 따두는 게 가장 좋으니, 무난한 선물을 하는 것보다 이후에 도움이 되는 선물을 하는 게 분명 좋을 것이다.

표현이 좀 그렇지만, 손톱자국을 남길 수 있는 것을……!

*

오후 5시 전, 내 방에서 쉬고 있으니 천천히 문이 열렸다. 시선을 돌리니 거기엔 미야의 모습이. 언제나처럼 공부를 하러 온 것이다. 셔츠 위에 고등학교 지정 크림색 스웨터를 입고 있는 게 가을다웠다.

"왔구나, 미야."

"에헤헤, 실례합니다."

이 녀석을 보면 왠지 마음이 놓인다. 그래, 마치 침대에 있는 개나 고양이를 데리고 노는 듯한 편안한 기분이 든다.

"마실 건 주문했어?"

"응, 카페오레 따뜻한 거."

"웬일이래, 항상 아이스인데."

"오늘은 추워."

미야는 팔꿈치를 안듯이 움직이며 몸을 떨었다.

"그래?"

"햇빛은 따뜻하지만 바람이 아무튼 차가워."

"슬슬 본격적으로 가을인가."

"읏차."

미야는 그렇게 말하고 내 대각선 앞에 앉았다. 가방에서 공부 도구를 꺼내 테이블 위에 늘어놓기 시작했다.

"가을이라고 하니 생각났는데, 아까 미소라랑 애들이 와서 가을 축제 때 북 치는 연습을 하러 간다고 했어."

"아아~, 애들은 축제를 좋아하지. 애들이니까."

미야는 어깨를 으쓱이고 '못 말린다'는 표정을 지었지만, 난 이 녀석이 어렸을 때 누구보다 축제 때 까불고 떠든 것을 똑똑히 기억하고 있다.

"미야는 북 안 쳐?"

"안 해~. 그렇게 높은 곳에 있으면 엄청 눈에 띄는 걸."

"그렇지."

"그러고 보니, 유우 오빠 있잖아~."

문득 생각난 듯한 얼굴로 미야가 말했다.

"왜?"

"생일 선물, 뭐 갖고 싶어?"

"어?"

"생일 선물 말이야. 다음 주에 생일이잖아."

"음, 아아…… 그런가. 그랬지."

자신의 생일이라는 개념을 완전히 잊고 있었다.

도쿄에 있었던 10년 동안은 누구도 축하해주지 않았고, 나도 일이 너무 바빠서 생일 같은 것을 의식할 여유도 없었다. 사회인이 되니 시간의 흐름이 너무 빨라서 정신을 차리고 보니 한 살 먹었다는 느낌이었지.

"나도 생일이 있었지."

"……그야 있지."

"그냥 뭐든 좋아."

"그 뭐든 좋다는 게 곤란하단 말이지."
"진짜로 뭐든 좋다니깐."
"으~음."
미야는 펜으로 관자놀이를 치면서 끙끙댔다. 너무 무리해서 비싼 걸 안 사면 좋겠는데…….
"그럼, 슬슬 돌아갈까. 카페오레 갖다줄 테니까 공부 똑바로 하고 있어라~."
"알았다니깐."
나는 방을 뒤로했다.

*

유우 오빠는 뭐든지 좋다고 했으니까 그걸로 할까. 오늘이 수요일이니까 오늘을 포함하면 앞으로 5일 남았나. 스케줄상으로는 꽤 까다롭지만 집중해서 하면 분명 끝날 것이다.
자, 그렇다면 공부 같은 걸 할 시간은 없어. 난 가방에서 어떤 노트를 꺼냈다.
"미야, 카페오레 가져왔어."
"우왓."
난 방금 막 꺼낸 노트를 숨기듯이 테이블 위에 엎드렸다.
"뭐야."
"아, 아무것도 아니야. 고마워. 거기 둬."
유우 오빠는 테이블 끝에 컵을 두고 방에서 나갔다.

하얀 컵에 잔뜩 담긴 우유를 많이 넣은 카페오레. 피어오르는 김이 조용한 방의 공기에 녹아들어 갔다.

“향 좋다.”

컵에 입을 댔다. 카페인과 당분이 든 뜨거운 액체가 목으로 넘어가자 몸이 훅 따뜻해졌다. 역시 이 방에서 마시면 마음이 놓여.

“자 그럼.”

난 다시 숨기고 있던 노트—— 추리 소설의 소재 노트를 펼쳤다.

모처럼이니 유우 오빠만을 위한 추리 소설을 써주자는 생각을 했다. 물론 집필할 때는 컴퓨터를 쓰니 오늘은 트릭과 플롯을 짤 것이다.

추리 소설을 쓸 때 가장 중요한 것은 아이디어다. 트릭이나 논리에 대한 소재가 떠오르면 일단 이 소재 노트에 써두기로 했다. 그리고 신작을 쓰는 단계에 트릭에서 막히면 여기서 쓸만한 소재가 없는지 찾아보거나 소재끼리 조합해보거나 하고 있다.

“어떤 걸로 할까.”

앞으로 5일밖에 없으니까 여기서 트릭을 유용한다 하더라도 장편은 아마, 아니, 절대로 못 쓴다. 하지만 단편이면 부족할 것 같고, 5만자 전후의 중편을 쓸까.

“좋~아, 이제부터 힘들어질 거야~.”

*

휴대전화가 울렸다. 아버지에게서 온 전화다.

"여보세요."

"아사카니?"

"네."

대화 주제는 유우 오빠의 생일 선물에 대해서였다.

"——무사히 도착했으니까 아사카가 주말에 이쪽에 돌아왔을 때 줄게."

"알았어요. 감사합니다."

"보통 이런 건 예약만 받는데, 잘 아는 사람이라 억지를 부려서 특별히 받은 거야."

"네, 감사합니다. 떼써서 죄송해요."

"확실히 이러는 게 선물을 하는 느낌이 나잖아."

"후후후, 그렇죠."

난 그날을 마음속에 그렸다.

눈앞에 펼쳐지는 호수.

불타는 듯이 빨간 단풍.

그리고 밤이 되면 유우 오빠와 단 둘이서…….

"우후후후후."

*

각자의 마음이 교차하는 가운데, 10월 2일이 찾아왔다.

건방진 꼬맹이는 엄청 매워

1

'제1회 연예계 매운맛 왕 토너먼트~! 1회전은 펄펄 끓는 마그마처럼 살인적으로 메운 라멘. 국물이 걸쭉하고 새빨갛네요. 오오, 다들 먹기 전부터 땀이 나고 있습니다.'

'김이, 김이 매워!'

'이럴 수가, 많이 먹기 챔피언인 미스터 햄버그 선수, 김이 눈에 들어가 버린 것 같습니다!'

미야는 아버지—— 타이치의 무릎 위에서 텔레비전을 보고 있었다.

"있잖아, 아빠."

"응?"

"엄청 매운 건 얼마나 매운 거야?"

지금 텔레비전에서 방송하고 있는 건 아주 매운 요리를 얼마나 빠르게 다 먹을 수 있는지를 겨루는 텔레비전에서 자주 하는 선수권 대회다.

매운 것이라고 하면 스시에 들어간 와사비나 슈마이를 먹을 때 곁들이는 겨자 정도 밖에 맛본 적이 없는 미야에게 아주 매운 요리는 미지의 세계였다.

"그렇네."

"와사비가 들어간 스시보다 매워?"

"그야 그렇지. 어쨌든 아주 매운 거니까."

"흐~음."

"뭐야, 먹어보고 싶은 거야?"

"으~음."

먹어보고 싶다기보다는 호기심이었다.

"그만둬 그만둬. 자, 텔레비전 좀 봐라."

'어이쿠, 미스터 햄버그 선수, 얼굴에 있는 구멍이란 구멍에서 수분이 넘쳐흐르고 있습니다!'

땀, 콧물, 눈물로 얼굴을 엉망으로 만들면서 새빨간 면을 힘껏 빨아들이는 미스터 햄버그.

'많이 먹기 챔피언의 자존심인가?! 무엇이 그를 저렇게 움직이게 만드는 것인가아아아아아!'

"저렇게 땀범벅이 된다고."

"음~."

땀범벅이 되는 건 사양이지만, 그래도 역시 흥미가 있는 미야였다.

2

"엄청 매운 거?"

"응."

오늘의 아이돌 레슨을 마친 건방진 꼬맹이들.

이 녀석들이 2학기 종업식 후의 파티에서 아이돌을 한다고 해서 오늘부터 본격적으로 레슨을 해줬다. 어제 내가 필사적으로 정리한 안무와 가사를 외우게 하고 텔레비전에 MV를 틀고 그걸 모방하도록 시키는 것이다.

어제는 내가 연습하는 모습을 어머니가 보는 해프닝이 있었지만, 꼬맹이들에게 춤을 가르치기 위해 외우고 있었을 뿐이라고 설명해서 오해는 잘 풀렸다.

내 방에서 연습한 후, 레슨을 받느라 배가 고파진 꼬맹이들을 데리고 편의점에 간식을 사러 갔다.

그렇게 가는 도중이었다. 미야가 아주 매운 음식을 먹어보고 싶다는 말을 꺼낸 건.

이유를 들어보니, 어젯밤에 텔레비전에서 아주 매운 요리를 먹는 특집 방송을 본 모양이다. 텔레비전에서 본 것에 영향을 받아 자기도 하고 싶어지는 항상 있는 패턴인가.

"나도 봤어. 미스터 햄버그가 우승한 거잖아."

마히루가 옆에서 말했다.

"맞아 맞아. 나 아주 매운 음식은 먹어본 적이 없어서 먹어보고 싶어."

"아주 매운 음식…… 탄탄면 같은 느낌일까"라고 말하는 아사카.

"탄탄면 정도라면 나도 먹을 수 있어."

마히루는 흐흥 하고 자신만만하게 코로 소리를 냈다.

"그건 매콤한 거지. 너희들, 아주 매운 건 진짜로 매우니까 그만둬."

"유우 오빠는 아주 매운 요리 먹은 적 있어?"

미야가 똑바로 바라보면서 물었다.

"있는데."

흥미 본위로 엄청 매운 컵라면을 산 적이 있는데, 그건 지옥이었다. 엄청 맵다고는 해도 편의점 같은 곳에서 쉽게 살 수 있으니 살짝 매운 정도일 것이라는 인식이 잘못됐었다.

새빨간 국물에 코를 찌르는 매운맛, 그리고 입술을 엄습하는 열기를 띤 고통…….

떠올리기만 했는데 땀이 촉촉하게 배어나왔다. 이미 12월인데 엄청 매운 건 상상하기만 해도 몸이 뜨거워진다.

"그건 매운 게 아니라 아픈 거야."

"음~, 그렇게까지 말하니 오히려 관심이 생기는데."

마히루가 진지한 표정으로 말했다.

"그치."

"아니 얘들아, 진짜 위험한데?"

"마히루, 아사카, 아주 매운 음식에 도전이다!"

"오~."

"오~."

"실화냐."

편의점에 도착하자마자 꼬맹이들은 컵라면 코너를 향해 서둘렀다.

종이 접시에 엄청 매운 지옥 야키소바를 사등분——왜인지 나도 먹게 되었다——했다. 끈적한 소스가 휘감긴 면은 그야말로 지옥처럼 빨갰고 본능이 거절하는 향이 코를 찔렀다.

"우와아, 매울 것 같아."

먼저 말을 꺼낸 미야는 이제 와서 약간 기겁한 얼굴을 보였다.

"뭔가 냄새만으로도 땀이 나는 것 같은데."

아사카의 얼굴이 빨개지기 시작했다. 확실히 냄새를 맡은 것만으로도 몸이 뜨거워졌다.

"아이스크림은 언제 먹어?"라고 말하는 마히루.

"이건 먹은 후에 입을 식히기 위한 거야. 자, 너희들, 진짜 도전할 거야?"

내 물음에 꼬맹이들은 다 같이 고개를 끄덕였다.

"각오가 돼있으면 난 더 이상 안 말려."

나무젓가락을 들고 딱딱한 표정을 짓는 건방진 꼬맹이들.

"그럼 하나 둘, 하고 먹자."

미야의 제안에 둘은 고개를 끄덕였다.

우린 빨간 면 무더기에 젓가락을 찔러 면을 한 젓가락 입으로 옮겼다.

"하나~ 둘."

"하나~ 둘."

"하나~ 둘."

"하나~ 둘."

입에 넣고 몇 초 후, 한계를 뛰어넘은 매운맛이 혀를 엄습했다.

"윽."

순식간에 온몸의 땀샘이 열리고 땀이 솟아났다. 위장이 밀려 올라오는 듯한 느낌이 나는가 싶더니 숨도 거칠어지기 시작했다. 몸이 거절하는 게 느껴졌다. 이건 먹는 게 아니다, 먹어도 되는 게 아니라고 경고하고 있는 것이다.

꼬맹이들의 상태는 어떨까.

"암…… 뭐야, 별 것 아니잖——."

한 입째 면을 씹고 있던 마히루의 얼굴이 갑자기 굳었다. 그리고——.

"우와아아아아아아아아."

"거 봐라."

"매, 매, 매워."

"아아아아아아."

미야도 외쳤다.

"히익, 히익."

"자, 애들아 우유 마셔."

울먹이는 미야와 마히루. 둘은 기세 좋게 우유를 들이켰다.

"좀 괜찮아졌어?"

"응…… 허억 허억. 앗, 또 매워."

"우와아아, 맵다기보다 아파!"

"그래서 말했잖아."

"이제 됐어."

"나도."

미야와 마히루는 한 입만 먹고 바로 포기해버렸다. 뭐, 한 입 정도라면 별 것 아니겠지만 아주 맵다는 게 어떤 건지 이번 일로 잘 알게 됐을 것이다. 흥미 본위로 발을 들여도 되는 세계가 아니다.

"매워, 매워."

"매운 게 안 사라져."

"우와아아아아."

"아아아아아아."

문제는 여기서부터란 말이지.

"유우 오빠, 남은 거 줄게."

"내 것도."

미야와 마히루는 한 입만 먹은 야키소바를 나에게 줬다.

"웃기지 마. 스스로 제대로 먹어."

어른조차 포기하는 엄청 매운 컵 야키소바를 이 녀석들이 다 먹을 수 있을 리도 없고, 다 먹지 못한 게 나에게 돌아오는 건 예상대로였다. 그래서 싫었다.

"더는 무리."

"나도."

울상을 지으면서 아이스크림을 먹어서 입과 혀를 식히는 미야와 마히루.

"나 참."

어린 이 녀석들에게 이 이상 엄청 매운 야키소바를 먹이는 건 가혹한 짓일 것이다. 어쩔 수 없다. 각오할까. 내가 각오를 다진

그때,

“잘 먹었습니다.”

아사카가 조용한 목소리로 말했다. 보니까 그녀의 접시에는 야키소바가 없었다. 4분의 1이라고는 해도, 설마 다 먹은 건가?

“아사카, 저, 전부 먹었어?”

미야가 무서운 것을 본 듯한 표정을 지었다.

“안 매웠어?”

마히루가 물어보자 아사카는 우유를 마시고 말했다.

“매웠지만 참을 수 있는 매운맛이었어.”

“대단해.”

“진짜냐.”

미야와 마히루는 아사카를 존경하는 눈빛으로 보기 시작했다. 아사카에게 매운맛 내성이 있는 건 의외네.

“에헴.”

두 사람에게 칭찬을 받아 기분이 좋아졌는지 아사카는 둘이 남긴 야키소바를 보고 말했다.

“남은 건 내가 먹어줄까?”

“그래도 돼?”

“아사카 대단하다.”

“응.”

뭐야, 나한테 안 오는 건가.

휴우 하고 숨을 돌렸는데 잘 보니 아사카는 땀을 심상치 않게 흘리고 있었다. 이 이상 저 아이의 작은 몸에 아주 매운 물질을 섭취시키는 건 위험할지도 모른다.

“잠깐, 아사카. 그 이상은 위험하니까 그만둬. 그리고 우유 충분히 마시고 아이스크림도 먹어둬.”

“괜찮은데요?”

“안 괜찮잖아. 자, 수건으로 땀도 닦아.”

수건으로 아사카의 얼굴을 닦아줬다.

“네~.”

그리고 난 미야와 마히루가 먹다 남긴 것을 내 접시에 옮겼다.

“그럼 가볼까.”

난 심호흡을 하고 눈을 감았다. 생각해보면 아사카가 4분의 1을 먹었다. 내가 못할 리가 없다.

간다!

“암. 크아아아아아아악.”

*

다음 날, 아리츠키의 엉덩이가 불을 뿜은 것은 말할 것도 없을 것이다.

건방진 꼬맹이는 믿고 있어

1

12월도 하순에 접어들었다.

몸을 찢는 듯한 추위에 시달리는 나날이지만 사람들 사이에 감도는 분위기는 밝으며 거리는 즐거운 분위기로 가득했다.

왜냐하면.

"크리스마스 기대된다!"

미야가 들뜬 얼굴로 말했다.

"아사카는 선물 뭐 부탁했어?"

마히루가 물어보자 아사카는 웃음을 지었다.

"새 옷을 부탁했어."

"미야는?"

"난 장수풍뎅이 인형. 마히루는?"

"나? 난 스케이트보드. 타보고 싶었어."

오늘의 아이돌 레슨을 마치고 편의점에 간식을 사러 갔다가 돌아오는 길. 건방진 꼬맹이들은 즐겁게 선물 이야기를 하기 시작했다.

그렇다, 올해의 마지막 큰 이벤트인 크리스마스가 얼마 남지 않았다.

빨간색과 초록색의 크리스마스 컬러가 거리를 장식했고, 전구 장식으로 외벽을 꾸민 집도 여기저기 보였다. 산타 인형과 트리 등이 가게 앞에 늘어서기 시작했고, 하루에 한 번은 크리스마스 송이 귀에 들리게 되었다.

"유우 오빠는 산타 할아버지한테 뭐 부탁했어?"

미야가 순진한 눈으로 물었다.

"엉?"

나 참, 이 녀석들은 아직 산타 같은 애들을 속이는 이야기를 믿고 있는 건가.

뭐, 초등학교 저학년이면 아직 믿어도 이상하진 않네. 하지만 고학년쯤 되면 오히려 '산타 할아버지한테 뭐 부탁할 거야?' 라고 물어보는 부모님을 '이거야 원, 당신이 산타잖아'라고 말하는 듯한 눈으로 보게 되는 법이다.

비뚤어진 게 아니다.

아이는 어른이 생각하는 것보다 빠르게 성장한다는 이야기다.

하지만 여기서 산타의 정체는 부모님이라는 사실을 이 녀석들에게 말해서 꿈을 파괴하는 것도 불쌍하다. 그런 건 스스로 깨닫고 상처를 입어가는 것이 어른이 되기 위한 통과 의례…….

"미야, 유우 오빠는 이제 아이가 아니라서 산타 할아버지는 안 와."

마히루가 말했다.

"아, 그런가."

"유우 오빠, 불쌍하네요."

아사카가 불쌍하게 여기는 눈으로 봤다.

"불쌍한 유우 오빠."

"괜찮아, 유우 오빠."

"……."

이 녀석들, 지금 당장 산타의 정체를 밝혀줄까.

"이봐, 얘들아. 산타 할아버지는 착하게 지내는 아이한테만

온다고."

"그런가. 유우 오빠는 착하게 지내지 않아서 산타 할아버지가 안 왔던 건가."

마히루가 한층 더 슬퍼 보이는 눈으로 날 올려다봤다.

"바보야, 그런 게 아니야. 잘 들어, 심부름을 잘 하거나 숙제를 잊지 않고 하거나——."

"우린 착한 아이지?"

미야가 그렇게 말하자 마히루와 아사카는 함께,

"그치~."

"그치~."

"……너희들, 지금까지 한 행동을 자알 생각해봐라."

"?"

"?"

"?"

"나에게 마구 장난을 치고, 몰래카메라로 깜짝 놀라게 하고, 빈집에 멋대로 들어가서 미아가 되는 녀석들을 과연 착한 아이라 부를 수 있을까?"

꼬맹이들의 표정이 진지해졌다.

"그런 나쁜 아이들에게 산타 할아버지가 올까?"

진지한 표정에서 약간 초조해진 듯한 표정으로.

"아…… 유우 오빠, 들어드릴게요."

뭔가 깨달았는지 아사카가 내 손에서 편의점 봉투를 가져가려고 했다.

"오오, 아사카는 착한 아이구나."

"나도 들어줄게."

"나도. 우리, 이러면 착한 아이야?"

"그래, 조금 착한 아이야."

그렇게 꼬맹이들은 셋이서 둘러싸듯이 과자가 든 봉투를 들었다.

"그래 그래, 그래야 착한 아이지."

집에 도착해 2층에 있는 내 방으로. 참고로 〈문 나이트 테라스〉에서도 크리스마스 한정 메뉴가 기간 한정으로 판매 중이다. 팔다가 남으면 며칠 동안 내 아침밥과 간식이 재고 처분이 되니 잘 팔렸으면 한다.

"유우 오빠, 어깨 주물러줄게."

간식을 다 먹었을 때 마히루가 내 뒤로 돌아왔다.

"응? 갑자기 뭐야."

"괜찮잖아 괜찮잖아."

마히루는 그렇게 말하고 작은 손으로 내 어깨를 주무르기 시작했다. 아무래도 산타 할아버지가 오도록 하기 위해 착한 아이로서 행동하려는 속셈인 것 같다.

"어때? 시원해?"

"음~, 어어, 시원해."

솔직히 좀 더 힘을 줬으면 좋겠지만, 초등학교 1학년 여자 아이의 악력으로는 이 정도가 한계일 것이다.

"우린 마실 걸 갖다 줄게."

"기다려주세요."

미야와 아사카가 부산하게 아래층에 있는 가게로 내려갔다.

"극진하네."

좀 심하게 겁을 줬을지도 모른다고 생각했지만 평소에 내가 받는 취급을 생각하면 이 정도가 딱 좋은 벌이 될 것이다.

"유우 오빠, 커피 가져왔어."

미야가 컵을, 아사카가 머들러와 설탕을 가져왔다. 그 커피를 마시면서 말했다.

"아아~, 왠지 차가운 것도 마시고 싶어지기 시작했네. 콜라 마시고 싶네."

"주문하고 올게요."

아사카가 다시 아래층으로.

"마히루, 안마 교대할게."

이번엔 미야가 내 뒤로. 마히루는 내 옆에 앉아서,

"유우 오빠, 먹여줄게."

과자를 들고 내 입에 집어넣었다.

"아~."

"아~암. 응, 맛있어."

"아~."

"음, 수고하는구나."

이윽고 과자 봉지가 비었다.

"아~, 이번엔 귤이 먹고 싶어졌네."

"가져올게."

마히루는 거실로 가서 귤을 가져왔다.

"껍질을 벗겨주면 좋겠네~."

"네 네."

"속껍질도."

"귀찮아."

"오? 그런 말 해도 괜찮아? 착한 아이가 되는 거 아니었어? 나한테 확실하게 봉사하지 않으면 착한 아이가 아니게 될지도 모르는데."

"끄으응."

"콜라, 가져왔어요"

"고마워."

"아사카도 귤 까는 거 도와줘."

"어? 아, 응."

"속껍질도 제대로 까야 한다."

그렇게 꼬맹이들에게 대접을 받았다.

2

어두워져서 꼬맹이들을 각자의 집에 데려다주게 되었다. 참고로 미야는 이웃집이라서 나와 같이 마히루와 아사카를 집까지 바래다줬다.

"아아, 지쳤다."

"정말, 유우 오빠는 사람을 혹사한다니깐."

"하지만 이제 착한 아이가 됐다고 생각해. 그쵸? 유우 오빠."
아사카가 날 올려다봤다.
"그래. 뭐, 일단은 이걸로 안심이겠지."
"야호"라면서 미야가 기뻐 날뛰었다.
"입 안이 셔."
결국 이 녀석들은 집에 있는 귤을 전부 까버렸다. 그걸 나 혼자 다 먹을 수 없어서 넷이서 귤 지옥을 맛봤다. 이제 집에 돌아가면 귤을 다 먹었다고 어머니에게 혼날 것이다.
"그렇지, 너희들 집에 돌아가면 숙제도 제대로 해야 한다. 숙제를 안 하는 아이는 나쁜 아이니까. 산타 할아버지가 안 올 거라고."
그렇게 말하는 것과 거의 동시에 모퉁이에서 사람이 나타났다.
"어라? 얘들아."
"아, 히카리다"라고 하는 마히루.
시모무라 히카리는 베이지색 코트를 입고 하얀 니트 모자를 쓰고 있었다.
"뭐야, 시모무라인가."
"어디 가는 거야?"
"이 녀석들을 집까지 데려다주고 있어. 시모무라는?"
"나? 난 지금 면허 학원 가."
면허 학원 버스가 서는 곳으로 가는 도중인 모양이다.
"오늘부터 도로주행이라서, 무섭단 말이지."
"벌써 연습면허 땄냐. 빠르네."

"난 다른 애들보다 좀 일찍 학원에 들어갔으니까. 그보다 오늘은 뭐 하면서 놀았어?"

히카리는 꼬맹이들에게 고개를 돌렸다.

"그게 있지"라면서 입을 연 사람은 미야였다.

"유우 오빠한테 봉사하느라 힘들었어."

"껍질도 까줬고"라고 말하는 마히루.

"입안이 시큼하고 손에도 냄새가 배어버렸지"라는 아사카.

"……어?"

"야, 너희들 더 알기 쉽게 표현해!"

뭔가 이상한 뜻으로 들리잖아.

"아, 아리츠키, 애들한테 무슨 짓을, 그보다, 껍질……? 덮여 있는 거야?"

"아니, 진짜 아니야. 그런 게 아니니까."

"이, 이 로리콘!"

아니라고오오오오오오오오오.

*

그 후, 오해는 바로 풀렸다.

1

10월 2일, 월요일.

"흐아암."

나는 아침의 차가운 공기 속에서 눈을 떴다.

시계를 보니 오전 5시 59분. 앞으로 1분도 안 되어서 자명종이 날카로운 소리를 낼 것이다. 요즘엔 자명종이 울리기 직전에 눈을 뜨는 경우가 많아지기 시작했다.

초침이 9를 넘겼다. 자, 앞으로 5초. 4, 3, 2, 1――.

난 손을 뻗어 자명종이 울리기 직전에 시계에 손을 올렸다. 아침의 중요한 할 일을 잃은 자명종은 불평 한마디 하지 않고 지금까지와 마찬가지로 계속해서 시간을 새겼다.

"좀 춥네."

평소와 다름없는 약간 추운 가을 아침. 나는 천천히 침대에서 일어나 아직 어렴풋이 남아있는 졸음에 저항하면서 몸 단장을 끝냈다.

무기질적으로 째깍째깍 울리는 초침 소리가 가게 앞의 도로를 달리는 차의 배기음에 묻혔다. 벌써 이런 시간부터 일하러 가는 사람도 있구나, 하고 감탄했다가, 자기도 작년에는 같은 처지였던 것을 금방 깨달았다.

평소와 전혀 다를 것 없는 조용한 아침 시간이다.

"어머 유우, 좋은 아침."

"좋은 아침."

계단에서 어머니와 엇갈렸다. 다만 딱 하나 특별한 점을 들자면.

"아, 그렇지. 유우."

어머니는 돌아보면서 나를 내려다봤다.

"왜?"

"생일 축하해."

오늘은 내가 태어난 날이라는 것이다.

생일.

자신이 이 세상에 태어난 날. 사람은 생일을 맞이할 때마다 한 살씩 나이를 먹는다. 한 해 한 해 비가 오든 바람이 불든 무슨 일이 있어도 그날은 찾아온다.

하지만 생일을 맞이했다고 해서 나라는 무언가가 극적으로 바뀌는 일은 없다. 키가 자라지도 않으며 체중이 늘거나 줄지도 않는다. 어제의 나도 오늘의 나도 변함없이 나다.

애초에 하루라는 단위는 생일에도 그 외의 날에도 완전히 같은 24시간이며, 그 완전히 같은 하루가 쌓여서 인생이 되는 것이다.

그렇다면 대체 이 생일이라는 것은 어떤 의미를 가지는 것일까. 어렸을 때는 자신만이 주역이 될 수 있는 날, 선물을 받을 수 있는 날이라 매년 그날이 기다려졌고 생일인 날에는 정말 즐겁게 지낼 수 있었다.

하지만 중학교, 고등학교에 올라가고 점점 어른이 되어감에 따라서 다른 사람에게 생일을 축하 받는 것이 부끄러워지기 시작했다. 가족이 불러주는 생일 축하 노래도 솔직히 말하자면 싫어서 참을 수가 없었다.

"아니 잠깐만, 너 뭘 울고 있는 거니."

"어, 어라?"

왜인지 눈물이 흐르기 시작했다. 북받치는 이 기분은 뭘까.

"그렇게 생일인 게 좋아?"

어머니는 이상하게 여기는 표정을 짓고 거실 쪽으로 갔다. 난 계단 층계참에 우두커니 서서 눈물이 난 이유를 생각했다.

문득 깨달았다.

도쿄에 있었던 10년 동안 '생일 축하해'라는 말을 들은 적은 단 한 번도 없었다.

누군가가 축하해준 적도 없었고, 일이 너무 바빠서 정신을 차리고 보니 생일이 지나 어머니의 축하 문자를 며칠 지나서 알아차리는 게 당연했다.

그렇게 울적하게 느끼던 생일이 확실한 기쁨이라는 감정과 함께 마음에 꽂혔다.

자신이 태어난 것을 축복받는 기쁨을 10년이라는 세월 속에서 잊어버리고 있었던 것이다. 기억을 더듬어보면 마지막으로 생일 축하를 받은 건 고등학교 3학년 때다.

꼬맹이들도 도와준 그 생일 파티…….

그 아이들에게 받은 '무슨 소원이든 들어주는 티켓'은 지금도 소중히 간직하고 있다.

*

점심시간.

나와 부부장인 야마미야 카오리는 여자 배구부 고문 선생님에게 호출되어 교무실로 가고 있었다.

대체 무슨 일일까.

시기가 시기이니 고등학교 선수권 대회를 위한 연습과 관련된 일일 테지만.

"실례합니다~."

"오오, 둘 다 왔구나."

"무슨 일이죠?"

"잠깐 의논…… 뭐, 그렇게 중요한 이야기인 것도 아니지만."

고문 선생님은 손으로 시선을 떨궜다. 서류와 컴퓨터로 가득 찬 책상 위에는 여행 팸플릿 같은 것이 있었다.

"이번 달 중순, 주말을 이용해서 합숙을 하려고."

"네에."

"합숙 말인가요?"라며 카오리는 눈을 휘둥그레 떴다.

"고등학교 선수권 대회의 시즈오카현 예선이 시작되는 게 이번 달 28일 토요일부터니까, 2주 정도 전이 좋을 것 같아."

뭐야, 그런 건가. 선생님이 부실에 잊어버리고 간 과자를 다 같이 먹은 걸 들킨 줄 알았네.

"괜찮지 않아요? 그치, 카오리."

"응, 찬성이에요."

"그래서 장소 말인데, 모처럼이니까 온천이나 고급 여관에 가서 대회 전에 기력을 회복할 생각이야."

"오오, 정말인가요!"

온천에 고급 여관, 듣기만 해도 가슴이 두근거리기 시작했다.

"아, 그래도 연습은 충실히 할 거야. 어디까지나 합숙이라고. 그래서 학생의 의견도 물어볼 생각으로 너희를 부른 거야. 어디가 좋다던가 의견 있어?"

"음~, 어디든 좋습다."

온천이라 듣고 한순간 마음이 들떴지만 선생님이 말했듯이 어디까지나 합숙이다. 놀러 가는 게 아니니 장소는 솔직히 어디든 상관없다는 생각이 들었다.

"장소 후보로는 되도록 가까운 곳이 좋으니까 하코네나 아타미나 유가와라나……."

"현 안이니까 아타미로 가면 되지 않을까요?"

내가 그렇게 말하자 카오리가 답했다.

"장소가 어떤지 따지기보다 피부 미용탕이 있는 곳으로 가요. 피부 미용탕!"

"야 카오리, 놀러 가는 게 아니라고. 그쵸 선생님."

"피로 회복도 버리기 아깝지."

"선생님?!"

"아니죠, 피부 미용이에요."

"아니 아니 아니, 합숙의 피로를 풀기 위해서는 탕치에 의한 피로 회복을 최우선으로――.”

결국 그 자리에서는 합의가 되지 않았다.

*

“쿨~, 쿨~.”

“미야, 이제 곧 점심시간 끝나.”

“으음.”

세이나가 깨워서 무거운 눈꺼풀을 비비며 몸을 일으켰다. 여기가 어디인지 잠시 생각했다가, 금방 미스연의 부실이라는 것과 지금이 점심시간이고 내가 낮잠을 자고 있었다는 것을 기억해냈다.

“흐아암.”

큰 하품이 나왔다.

그래 맞아, 교실에서는 부끄러워서 낮잠을 잘 수 없으니까 서둘러 점심을 먹고 부실로 왔었지.

“으~응, 잘 잤다.”

양팔을 들어 몸을 쭉 폈다. 기분은 상쾌, 잘 잤다.

“별일이네, 네가 낮잠을 다 자고.”

“그게, 살짝 수면 부족이라서.”

“그렇게 늦게까지 공부했어?”

“아니, 소설을 쓰고 있는데.”

“뭐어?!”

"아슬아슬하게 시간을 맞춰서 다행이지만, 오늘은 오전 내내 계속 졸려서 참을 수가 없었어."

"너 수험생이잖아."

세이나는 약간 기겁한 표정을 지었다.

"괜찮아~, 공부 같은 건 매일 하면 외울 수 있으니까."

"……그 기억력이 부럽다."

유우 오빠의 생일 선물로 줄 추리 소설은 어젯밤에 어떻게든 다 썼다. 공부 시간을 깎아서 컴퓨터에 매달린 보람이 있었어. 주말에도 유우 오빠나 모두와 놀지 않고 계속 집에 틀어박혀서 집필에 시간을 할애했다.

"뭐야? 신작?"

"응. 중편 썼어."

"흐음, 읽게 해줘."

"어? 안 돼."

"왜."

"그건 말이야, 어떤 사람의 생일 선물로 주려고 쓴 소설이니까."

"누구야, 어떤 사람이라니."

"그, 전에 추리 소설 공동 집필한 사람."

"아아, 그렇구나. 그건 그렇고 생일 선물로 특별히 소설을 쓰다니, 신경 많이 썼네. 그냥 아는 사람은 아니지?"

세이나는 얼굴을 쑥 가까이 댔다.

"흐에? 아니, 딱히, 그냥 아는 사람이야. 휘~, 휘~."

나는 휘파람을 불어 얼버무렸다.

“…….”

“…….”

“……혹시 너 그 사람을——.”

“휘 휘 휘 휘 휙~.”

“너 휘파람 엄청 못 불잖아. 무슨 사이야, 가르쳐줘~.”

‘……끄응.’

자는 척했지만 금방 종이 울려 버렸다.

*

“자, 아사카. 부탁했던 물건이다.”

아버지가 빙긋 웃는 얼굴로 편지 봉투를 건넸다. 바탕은 남색이고 빨간 단풍이 그려져 있으며 초승달을 본뜬 실링 스탬프가 찍혀 있었다. 가을밤을 이미지한 디자인은 유우 오빠의 생일에 꼭 어울린다.

“감사합니다.”

“아빠는 지금부터 일이 있어서 못 가지만 유우 군한테 안부 좀 전해다오.”

“네. 무리한 부탁을 들어주셔서 감사합니다.”

“괜찮다 괜찮아. 그렇지, 아사카.”

“네?”

“기억나니? 아사카가 어렸을 때 유우 군의 생일에 뭘 주면 좋을지 아빠한테 상담했던 거.”

"물론이죠."

"그때는 깜짝 놀랐어. 상대는 틀림없이 약간 연상인 아이일 줄 알았더니 고등학생이었다니."

"우후후."

"또 유우 군의 생일을 축하할 수 있어서 잘됐구나."

"네!"

아버지는 내 손에 있는 봉투에 시선을 떨구더니 전에 없이 상쾌하게 웃는 얼굴로 엄지를 척 세우고 한마디.

"기대되네."

"네? 아아, 네."

아버지가 왜 이걸 기대할까?

이건 유우 오빠의 생일 선물인데……?

"자, 그럼 슬슬 갈까."

"다녀오세요."

아버지가 일을 하러 나가시고, 나는 방으로 돌아와 침대 가장자리에 걸터앉았다.

오늘, 10월 2일은 유우 오빠의 생일.

평일을 시작하는 월요일이지만 창립기념일이라 학교를 쉬어서 아침 일찍 카나가와에서 출발해 방금 후지노미야에 돌아왔다. 뭐, 만약 오늘이 휴일이 아니었다 해도 무슨 수를 써서라도 쉬었을 테니 문제없지만.

원래라면 금요일 밤이나 토요일 아침에 귀성하기 시작하지만, 이번 주말엔 후지노미야에는 돌아오지 않았다.

오늘, 아니── 정확히는 다가오는 날을 위해 주말 이틀을 써서 예비 조사를 하고 온 것이다.

"우후후후."

방금 아버지에게 받은 봉투를 가슴에 안고 그날을 떠올렸다. 가슴이 뛰고 하복부가 가볍게 욱신거리는 건 주말에 유우 오빠를 못 봤기 때문일 것이다.

오늘은 일주일 만에 유우 오빠를 볼 수 있다. 그걸 생각하기만 해도 너무 기뻐서 머리가 어떻게 될 것만 같았다.

초승달 모양을 한 스탬프에 키스했다.

아아, 기대된다.

시계를 보니 오후 1시를 넘겼다.

미야와 마히루는 평소대로 학교에 간다. 마히루는 부활동 연습이 있어 늦어지니 생일 파티가 시작되는 건 오후 7시 정도가 될 예정이다. 나도 내일부터는 평범하게 학교에 가야 하니 늦어도 오후 10시에는 후지노미야에서 출발해야만 한다.

내일도 쉬면 좋을 텐데. 후지노미야에 있는 학교로 전학을 갈지 진심으로 고민된다. 그러면 매일 유우 오빠를 만날 수 있으니까. 하지만 지금 같은 시기에 전학은…….

"하아."

자 그럼, 생일 파티가 사작되기까지 앞으로 6시간 정도 있다.

그때까지 멍하니 집에서 보낼 수는 없다. 일찍 〈문 나이트 테라스〉에 가서 생일 파티 때 먹을 요리를 아주머니와 다른 사람들과 함께 만들어야 한다.

"후후."

내가 직접 만든 요리를 유우 오빠가 먹어준다. 그것도 생일에.

"우후후후후."

2

"자, 시작하기 전까지 어딘가에서 시간 때우고 와."

"예이 예이."

정오를 넘긴 시간, 어머니가 날 가게에서 쫓아냈다.

파티의 주역이 있는 앞에서 준비를 할 수 있겠냐, 라는 이유 때문이다. 가게의 문을 돌아보니 '금일 대절'이라는 팻말이 걸려 있었다. 날 위해 일부러 이렇게까지 해주지 않아도 괜찮다는 생각을 했지만 이건 이거대로 기쁘긴 하다.

자 그럼, 무엇을 하면서 보낼까.

마히루에게 들은 바로는 오늘 연습이 끝나는 게 오후 7시 무렵이라 생일 파티는 마히루가 온 뒤에 시작할 예정이다. 그 말은 곧, 난 약 7~8시간이라는 긴 시간을 혼자 때워야만 한다는 것이다.

"드라이브라도 할까."

일단 시빅의 운전석에 앉아 시동을 걸었다. 시트에서 전해지는 진동이 기분 좋다. 근처 편의점에 가서 마실 것을 샀다. 그건 그렇고 차 안에서 마시는 캔커피는 왜 이렇게 맛있게 느껴지는 걸까.

스마트폰을 보니 유우히한테서 라인 메시지가 와있었다.

'생일 축하해.'

난 답장했다.

'고마워.'

답장하는 김에 개미 10마리*가 그려진 이모티콘도 보냈다. 바로 읽음 표시가 떴다.

이어서 '유우히도 생일 파티에 올래?'라고 보냈다.

'미안. 유우히 오늘 밤에는 엄청 바빠.'

'그렇구나.'

'하지만 생일 선물은 준비했어.'

'고마워.'

'학교 끝나고 가는 길에 주러 갈게.'

그 말은 지금도 가지고 있다는 건가. 하지만 하교할 시간이면 아직 '문 나이트 테라스'는 생일 파티 준비 중이라 난 안에 들어갈 수 없다.

'그럼 키타고에 가지러 갈게!'

'뭐?'

스스로 생일 선물을 받으러 가는 건 좀 그렇다고 생각했지만 오늘의 난 한가함을 주체할 수 없다.

'유우가 그래도 되면 괜찮은데.'

---

*일본어로 개미는 '아리'라 읽고 10은 '토오'라고 읽기도 한다. '개미가 10마리'를 붙여서 읽으면 '아리가토오' 가 된다. 읽는 방식을 이용한 말장난으로 고맙다는 인사를 하는 것이다.

'만나는 곳이랑 시간은 어떻게 할래?'

'그럼 16시에 호쿠레이관으로 와.'

'알았어.'

답장하는 김에 라저 이모티콘을 보냈다.

"자, 그럼."

무엇을 하면서 시간을 보낼까. 아무리 그래도 남자 혼자서 평일 낮에 7~8시간을 보내는 건 좀 힘들다. 오랜만에 영화라도 볼까. 아니면…….

"일단 밥을 먹어야겠어."

먹고 죽은 귀신이 어쩌고저쩌고라고 하니. 난 차를 몰아 단골 라멘집으로 향했다.

우회 도로 옆에 있는 라멘집. 어디에든 있는 체인점이지만 언제나 변하지 않는 맛이 안심된다. 깔끔한 쇼유 라멘 곱빼기를 기세 좋게 다 먹고 채워진 배를 두드리면서 가게 밖으로.

가을의 아름답고 쾌청한 하늘에 폭신폭신한 구름이 아련히 떠다니고 있었다. 날씨 좋다. 다음 행선지를 생각하면서 우회 도로를 달렸다. 모토스 방면까지 가볼까.

평일, 그것도 월요일이라 그런지 도로가 비어 있어서 쾌적한 드라이브를 했다. 국도 139호선을 타고 야마나시 방면으로 달렸다. 도중에 아사기리 고원 휴게소에서 화장실에 들렀다.

문득 떠올랐다.

그러고 보니 옛날에 그 녀석들이 보물 지도를 찾았다고 해서 온 동네를 돌아다니는 보물찾기를 했을 때, 마지막에는 이 휴게

소까지 왔었지. 그게 아마 아사카가 찾아온 지도였던가.

나는 추억을 그리워하면서 차로 돌아갔다. 그때는 이렇게 될 줄은 상상도 못했지. 추억 속의 꼬맹이들은 천진난만한 웃음을 보였다.

그 후, 모토스호를 넘어 쇼지호 우회 도로에서 고후시까지 빠져, 후지강을 내려오면서 모토스 도로를 통해 다시 모토스호까지 돌아왔다. 그렇게 139호선을 타고 후지노미야시로 귀환하며 장거리 드라이브를 즐겼다.

*

오후 4시를 넘은 시간.

난 키타고의 서문을 통해 안으로 들어가 약속 장소인 호쿠레이관에 차를 댔다. 이곳은 키타고 학생이 부활동 합숙 등을 할 때 쓰는 숙박 시설이다. 나도 남자 농구부 시절에 합숙한다고 묵은 적이 있다.

얼마 안 있어 건물 그늘에서 유우히가 나왔다. 부모님에게 물려받은 아름다운 금색 머리카락을 휘날리면서 조수석에 탔다.

"읏차."

"유우히, 기다렸어?"

"약간. 자, 출발~."

집까지 데려다 달라는 뜻인가. 난 왔던 길을 되돌아가 토가미가가 있는 아사기리 고원까지 돌아갔다.

"유우 말이야, 전에 생일 선물 준 여자애랑 어때."
"어?"
이전에 마히루의 생일 선물을 고를 때 유우히에게 도움을 받았는데, 어째 그녀는 그걸 신경 쓰이는 여자 아이에게 선물한 것이라고 오해하고 있는 것 같다.
지금 보면 신경 쓰인다, 를 어떻게 받아들이냐에 따라서는 틀린 말은 아니지만.
"그 뒤로 어때. 뭔가 진전은 있었어?"
엄청난 진전(?)이 있었지만 아무리 그래도 유우히에게는 아직 말할 수 없다. 아마 유우히는 상대가 사회인이라 생각하고 있을 테니까 상대가 여고생, 그것도 유우히와 같은 학교라는 말은 입이 찢어져도 할 수 없다.
"아니, 뭐, 그."
"태도를 보니까 아직 별다른 진전은 없는 것 같네."
유우히는 곁눈으로 날 봤다.
"……그러니까 유우히가 생각하는 그런 사이가 아니라니깐."
그렇게 말하면서 난 약간 죄악감을 느꼈다.
마히루와의 관계는 유우히와 선물에 관해 의논을 했을 때는 확실히 연애라는 형태가 아니라 순수하게 오빠와 동생 같은 관계였다. 적어도 내 인식 속에서는.
하지만 마히루에게 고백을 받고, 거기에 더해 '언제까지나 기다린다'는 말을 들어버린 현재의 관계는 유우히가 오해하고 있던 연애 관계와 같은 방향으로 가고 있었다.

아마 이야기하면 유우히는 내 연애에 관한 상담을 친절하게 해주겠지만, 상대가 여고생인 마히루라는 걸 들키는 건 좋지 않다. 그녀가 생각하기에 사회인 아저씨가 여고생을 건드리는 건 금기니까.

아니, 애초에 사회 윤리적으로 생각해도 사회인 아저씨와 여고생 조합은 금기지만. 언젠가 꿨던 악몽처럼 상황에 따라서는 경찰에 잡혀갈지도 모른다.

"네네. 그런 걸로 해줄게."

이윽고 토가미가에 도착했다. 유우히는 가방에서 작은 꾸러미를 꺼냈다.

"자 받아. 생일 축하해."

"오, 고마워. 열어봐도 돼?"

"그래."

안을 확인해보니, 거기에는——.

"부적……?"

흰 바탕에 분홍색 자수로 '결연'이라 수놓여 있었다.

"그래. 센겐상에서 받아왔어."

이건 타이밍이 좋다고 해야 할까, 아니면 나쁘다고 해야 할까.

"잘 해봐."

"아, 하하. 고마, 워."

유우히가 준 건 인연을 맺어주는 부적이었다.

*

"유우, 미안한데 또 데려다 줄 수 있어?"

"알았어."

유우히는 친구와 놀 약속이 있는지 다시 후지노미야로 돌아간다고 한다. 교복에서 사복으로 갈아입기 위해 방에 가길래, 나는 거실에 남아 외할머니와 잡담을 하면서 차를 마셨다. 도중에 드라이어 소리가 들려왔다. 아무래도 샤워를 하고 있었던 모양이다.

유우히는 30분 정도 지난 후에 돌아왔다.

긴 금색 머리카락을 묶어 오른쪽 어깨에 늘어뜨렸다. 하얀 블라우스에 검은 롱스커트라는 차분한 복장도 맞물려 마치 정교한 인형처럼 보였다. 꽃밭에 있는 듯한 달달한 향이 나는 향수를 뿌려 전체적으로 포근한 분위기였다.

"미안, 기다렸지."

"그럼 슬슬 돌아갈까."

난 유우히를 조수석에 태우고 시가지로 돌아갔다.

"역까지 부탁할게."

"예이 예이."

전철로 이동하는 것 같은데, 어째 친구는 후지노미야시에 살지 않는 모양이다. 후지시에 사는 걸까.

"근데 있잖아, 오늘 생일 파티에는 그 사람도 와?"

유우히가 물었다.

"그 사람이라니?"

"그러니까 유우가 신경 쓰는 사람."

"읏."

나도 모르게 발에 힘이 들어가 브레이크를 세게 밟아버렸다.

"와앗, 잠깐만, 급브레이크 밟지 마."

"미, 미안 미안."

"그렇게 당황하는 걸 보니 오는구나. 흐음, 잘됐네."

씨익 입꼬리를 올리는 유우히.

"아니 아니, 유우히. 걔랑은 그런 사이가 아니라 오해라니깐."

말은 그렇게 했지만 정확하게 말하자면 지금은 더 이상 오해가 아니다.

"괜찮아 괜찮아. 이래봬도 유우히는 연애 상담의 프로페셔널이니까."

"뭐어?"

"후후훗, 숨길 것도 없지. 유우히는 말이야, 학교에서도 아는 사람의 연애 상담을 해주고 있어. 그러니까 유우도 그 사람 때문에 고민되면 유우히한테 상담하면 돼."

"어, 어어."

"아~, 아쉽네. 오늘 약속이 없었으면 유우히도 생일 파티에 가서 상대가 어떤 사람인지 볼 수 있었을 텐데."

"아하하."

"근데 생일 파티에 일부러 와주는 건 가능성이 꽤 있다고 생각해도 되지 않을까?"

"그런가. 아하하."

유우히도 유우히 나름대로 날 걱정해주고 있는 것 같다. 그 마음은 고맙지만 마히루와의 일그러진 관계에 대해 상담하는 건 망설여졌다. '자신을 봐줄 때까지 언제까지나 기다린다'는 마히루의 스탠스는 상당히 특수하고, 마히루 외에도 또 한 명, 아사카에게도 사랑을 받고 있는 상황은 설명하는 게 어렵다.

게다가 둘 다 지금은 여고생이라 분명 유우히의 역린을 건드릴 것이다.

"그럼 갈게, 고마워."

"그래. 집에 갈 때는 어떡할 거야?"

"할아버지가 데리러 와줘."

"그렇구나."

유우히를 역까지 데려다주고 나는 다시 차를 몰았다.

벌써 오후 5시가 지났다. 이제 적당히 근처를 드라이브할까, 아니면 어딘가 카페를 찾아서 느긋하게 커피라도 마실까.

서쪽을 보니 하늘은 빨갛게 불타서 북쪽에 우뚝 솟은 후지산의 표면을 노을색으로 물들이고 있었다.

3

오후 6시 반.

나는 키타고 부지 안에 있는 주차장에 시빅을 대고 마히루를 기다리고 있었다. 스마트폰에 마히루가 보낸 메시지가 왔다.

'이제 끝났어.'

'호쿠레이관 주차장에서 기다리고 있어.'

'알았어.'

조금 전에 어머니한테서 '마히루 태워서 와'라는 라인이 와서, 내가 부활동을 마친 마히루를 태우고 그대로 〈문 나이트 테라스〉로 가게 되었다.

생각보다 빨리 끝났네.

주위는 완전히 어두워져 있지만 운동장에서는 아직 축구부가 연습하는 소리가 들려왔다. 교사에도 불이 켜져 있었는데, 아직 학교에는 사람이 남아있는 모양이다.

"그립네."

나도 고등학생 때는 이 시간까지, 아니 더 했나. 더 늦은 시간까지 연습을 하고 친구들과 군것질을 하며 흙내 나는 청춘을 보냈다. 건방진 꼬맹이들과 만난 건 그 청춘이 일단락됐을 무렵…….

고등학교 시절을 그리워하면서 기다리고 있으니, 얼마 안 있어 어스름 속에 마히루의 모습이 보였다. 마히루는 이쪽으로 가볍게 뛰어와 조수석의 문을 열었다.

"기다렸지."

"안녕."

샤워를 하고 온 것 같다. 샴푸의 달달한 향기가 코를 간질였다. 약간 젖은 머리카락과 열로 달아올라 빨개진 볼이 요염했다.

"유우 오빠, 생일 축하해."

"하하, 고마워."

마히루가 문을 닫고 안전벨트를 하는 것을 확인한 뒤, 나는 클러치를 밟고 1단 기어를 넣었다. 그때.

"……!"

마히루는 코를 킁킁거렸다. 그녀는 곁눈으로 날 보더니 싱긋 미소 지었다.

"유우 오빠."

"왜?"

"아사카랑 어디 갔어?"

"어? 아니, 오늘은 아직 아사카는 못 봤는데."

"진짜? 그럼…… 여자 태웠어?"

"어?! 어, 어떻게——."

"향수 냄새 나."

마히루는 웃는 얼굴 그대로 말했다.

"아."

방금까지 유우히가 타고 있었기 때문이다. 확실히 유우히는 좋은 향이 나는 향수를 뿌렸고, 그 잔향이 아직 차 안에 있었던 것이다.

난 당황해서 기어를 중립으로 돌려놓고 마히루가 있는 쪽으로 몸을 돌렸다.

"친척 여자애를 데려다주기만 했어."

"흐음."

나는 변명했다.

그 아이는 그냥 친척이며 떳떳하지 못한 마음은 없다는 것. 생일 선물을 준다고 해서 학교까지 받으러 간 김에 집까지 데려다준 것. 그리고 집에서 역까지 다시 데려다준 것.

설마 내가 이런 아침 드라마에 나오는 아수라장 같은 상황을 경험하게 될 줄이야. 딱히 누구하고도 사귀고 있는 건 아니니 바람에 해당되진 않을 텐데.

"흐~음. 뭐, 됐어."

마히루는 깔끔하게 물러났다. 생각보다 반응이 약해 맥이 빠졌다. 드라마나 영화에서 이런 장면이 나오면 보통은 끈질기게 그 여자에 대해 질문하는 법인데, 마히루는 신경 쓰이지 않는 걸까.

"그런 것보다."

마히루는 가방에서 포장된 작은 상자를 꺼냈다.

"자. 생일 선물."

"고, 고마워."

"열어봐도 돼."

말하는 대로 리본과 포장을 풀었다. 안에서 나온 것은…….

"어?"

이게 뭐야.

상자를 열어보니 그 안에도 상자 같은 것이 들어있었다. 각 변이 5cm 정도 되는 작은 정육면체다. 나무로 만들어진 작은 상자에는 초승달 마크가 새겨져 있었고, 측면에 홈 같은 선이 들어가 있었다.

잘 보니 그 홈이 장식이 아니고 그 부분으로 열 수 있게 되어 있다는 것을 깨달았다. 이 작은 나무상자는 홈이 있는 부분으로 팩○처럼 입을 딱 벌리듯이 열 수 있는 것이다.

"……!"

눈앞에 있는 것이 대체 무엇인지, 그리고 그 용도를 깨달았을 때, 난 등골이 오싹해졌다.

"마, 마히루. 이건."

식은땀이 멈추지 않았다.

"말했잖아, 난 언제까지나 기다린다고."

나무상자를 여니 그 안에는 쿠션 같은 것이 들어있었고, 그 중앙이 아주 약간 패인 것이 보였다. 거기에 있어야 하는 **내용물**은 아직 없었다.

"아까 전에는 친척이라는 걸 알아서 괜찮았지만, 아사카나 다른 모르는 여자애랑 유우 오빠가 사이좋게 지내면 질투하는 마음이 안 생기는 건 아니야. 그래도 말이야, 마지막에 날 선택해 주면 그걸로 좋아. 언제까지나 기다린다는 건, 분명 그런 거라고 생각하니까."

마히루가 준 것, 그것은…….

"그러니까 날 선택해도 좋다고 생각하면, 그때는 유우 오빠가 그걸 나한테 줘. 안에 반지를 넣어서."

반지 케이스였다.

*

오후 7시 전.

나와 마히루는 〈문 나이트 테라스〉에 돌아왔다. 금일 전세 라는 팻말이 걸린 입구 창문으로 빛이 새어나오고 있었다.

천천히 문을 열자, 가게 안의 모습은 완전히 달라져 있었다. 가게 안에 흩어져 있는 둥근 테이블의 의자가 치워져 있었고 각 테이블 위에는 요리가 차려져 있었다.

벽 위쪽은 색종이로 만든 고리 장식으로 장식되었고, 그 아래에 고양이와 달, 꽃에 자동차 등, 색종이를 잘라 만든 장식이 붙어있었다. 가게의 BGM이 흐르는 스피커에서는 경쾌한 팝송이 나와 즐거운 분위기가 충만했다.

마치 입식 파티 같았다.

"아, 왔네."

마침 입구 오른편 창가 자리에 앉아있던 어머니가 우릴 보고 일어섰다.

가게 안에는 많은 사람이 있었다.

아버지와 어머니, 미야와 아사카는 물론이고 미소라, 타츠키, 메이 초등학생 삼인방. 하루야마가의 타이치, 미쿠 부부, 그리고 시모무라 히카리와 마히루의 어머니인 류샤쿠 아스카의 모습도. 이렇게 많은 사람들이 내 생일을 축하하기 위해 모여 줬다고 생각하니 가슴이 찡하게 뜨거워졌다.

"오오, 굉장하네—. 아니, 엄마도 왔어?"

마히루는 어머니인 아스카 씨가 있는 곳으로 갔다.

"그럼 시작할까요."

어머니가 말하는 것과 동시에 가게 안의 조명이 따뜻한 느낌이 나는 오렌지색으로 전환되었다.

"뭐야 뭐야."

그리고 어머니가 '하나 둘' 하고 말하자 어둑어둑한 가게 안에 생일 축하 노래가 흐르기 시작했다. 녹음이 아니다. 눈앞에 있는 모두가 한목소리로 부르고 있는 것이다. 약간 빠른 사람이 있기도 하고 약간 음정이 맞지 않는 사람도 있어서, 아름다운 화음을 이루고 있다고는 말하기 어려웠다. 하지만 이 서투른 생일 축하 노래에 나는 크게 감동했다.

아리츠키 유우로서 이 세상에 태어난 지 오늘로 29년. 살아온 날들이 마치 주마등처럼 차례차례 떠올랐다.

내 인생은 평범했다.

웅대한 후지산 기슭에서 부모님의 사랑을 한 몸에 받으면서 지낸 어린 시절, 친구들과 함께 부활동에 몰두한 청춘 시절, 그런 시기가 일단락 됐을 무렵에 시작된 건방진 꼬맹이들과의 떠들썩한 일상, 그리고 도쿄에서의 가혹한 10년…….

난 특별한 재능도 없고 성공도 하지 못했다.

같은 어린 시절을 보낸 사람들 중에는 세계에서 활약하는 스포츠 선수나 화려한 연예인이 된 사람도 있는데, 나는 태어난 고향에서 어찌저찌 가업을 돕고 있다.

경력도 없는가 하면 명성도 부도 없다.

하지만 난 즐거웠다.

내 인생은 즐거웠다.

다시 생각해보면 두 번 다시 경험하고 싶지 않을 정도로 싫은 일이나 괴로운 일이 셀 수 없을 정도로 있었을 텐데, 다시 아리츠키 유우로 태어나고 싶다고 진심으로 바랄 수 있었다.

이윽고 노래가 끝나고 '축하해' 라는 말과 박수를 받았다.

난 필사적으로 북받쳐 오르는 눈물을 참았다.

"고마워, 다들."

그리고 딱 오후 7시, 파티가 시작됐다.

테이블 위에는 평소의 저녁밥으로는 나오지 않을 것 같은 호화로운 요리가 차려져 있었는데 일식, 중식, 양식에 이탈리안 등등, 테이블마다 장르가 나뉘어 있었다. 아이에겐 주스, 어른에겐 맥주를 따른 잔이 분배되었다.

"유우 오빠, 맛은 어때요?"

시작된 지 얼마 지나지 않았을 때 맥주를 마시면서 로스트비프를 집어먹고 있으니 아사카가 옆에 왔다.

"맛있어."

"후후, 기뻐요. 열심히 만든 보람이 있어요."

"아사카가 만들었어?"

"저랑, 아주머니들이."

"그렇구나, 고마워."

"애정을 듬뿍 담았으니까 많이 먹어요."

아사카는 그렇게 말하고 검지를 입술에 대고 쪽 하는 소리를 냈다.

"그러고 보니 유우 오빠――."

아사카가 뭔가 말하려고 할 때 미야가 끼어들듯이 나와 아사카 사이에 들어왔다. 손에는 문고본 사이즈의 포장된 상자를 들고 있었다.

"유우 오빠, 자 선물."

"오, 고마워."

"열어봐도 돼."

시키는 대로 열어보니, 안에는 선장*으로 제본된 직접 만든 것으로 보이는 책이 들어있었다. 제목은 '달이 뜬 밤의 살인' 이었고 그 아래에 '하루야마 미야'라는 표기가.

"이건."

미야를 보자 그녀는 얼굴을 붉히고 말했다.

"에헤헤, 내가 썼어."

"미야가?"

"유우 오빠만을 위해 쓴 거야."

"기뻐. 고마워."

"책을 처음부터 만들다니, 미야, 안 힘들었어?"

"아냐, 그렇지도 않아. 트릭이랑 논리는 원래부터 생각해뒀던 걸 썼을 뿐이고. 아, 그래도 집필은 요 며칠 동안 했으니까 그건 힘들었을지도."

"요즘 가게에 안 온 건 그래서였나."

최근에 미야가 〈문 나이트 테라스〉에 안 오는 날이 이어지고

*책 장정의 하나. 인쇄된 면이 밖으로 나오도록 책장의 가운데를 접고 책의 등 부분을 끈으로 묶는 방법.

있었다. 분명 집에서 열심히 공부해서 그런 줄 알았는데, 설마 이걸 만들고 있었을 줄이야.

그리고 미야를 시작으로 모인 사람들이 차례차례 선물을 줬다.

미소라, 타츠키, 메이 세 사람은 직접 만든 생일 카드를 줬다. 카드들은 반으로 접혀있었는데, 열어보니 미소라의 카드에는 농구 골대가, 타츠키의 카드에는 후지산이, 그리고 메이의 카드에는 남자가 각각 입체적으로 튀어나오는 장치가 되어 있었다. 아이답고 귀여운 선물이다.

"참고로 이건 유우 씨예요."

메이의 생일 카드에서 튀어나오는 남자는 날 모델로 한 것 같다. 머리카락이 덥수룩하니 모델을 잘 관찰했군.

그 후, 다른 사람들에게도 선물을 받았다. 아사카만은 파티 마지막에 주고 싶은지 그 흐름 속에서는 주지 않았다. 그리고 마히루의 선물도 이미 받았기 때문에 그 두 사람을 제외한 모두에게 받은 선물을 2층에 있는 내 방에 정리한 후에 아래층으로 돌아왔다.

선물 증정이 끝났으니, 이제 환담을 나누면서 먹고 마시기만 하면 된다. 어머니를 필두로 한 어른 무리는 술을 마시고, 아이들은 요리를 먹으면서 어른을 상대하거나 아이들끼리 이야기를 하는 등 자유롭게 지냈다.

"유우 오빠, 마히루한테는 뭐 받았어요?"

아사카가 넌지시 물었다.

"아, 그러니까."

나는 내심 섬뜩함을 느끼면서 왼손의 소매를 걷어 손목을 드러냈다. 거기엔 마히루가 항상 차고 있는 것과 똑같은 검은 리스트밴드가.

"이, 이걸 받았어."

"흐음, 리스트밴드인가요."

이건 가게에 돌아오기 직전에 마히루에게 받은 두 번째 선물이었다. 마히루 역시 반지 케이스를 줬다는 게 다른 모두에게 알려지는 건 좋지 않다고 생각했는지 '나한테는 이걸 받은 걸로 해둬'라면서 이 검은 리스트밴드를 줬다.

마히루가 있는 쪽을 살짝 보니 요염한 웃음과 윙크가 돌아왔다.

"마히루의 것과 똑같은 거네요. 좋네요."

아사카는 내 리스트밴드에 시선을 떨구고 숨을 내쉬었다.

"마히루다워요."

그리고 나에게 시선을 돌리고 빙긋 미소 지었다.

이윽고 즐거운 시간도 끝이 다가왔다.

내일도 학교에 가야 한다면서 히카리가 타츠키와 메이와 함께 작별을 고했다. 그 모습을 보고 아스카 씨와 하루야마 일가도 돌아갈 준비를 했다. 미야는 마지막까지 남는다고 해서 〈문 나이트 테라스〉에는 여느 때처럼 미야, 마히루, 아사카 세 명이 남았다.

"후우, 잘 먹고 잘 마셨다."

그렇게 많이 있었던 요리는 이미 없어져 있었다. 빈 접시와 잔이 파티의 여운을 남겼다.

"엄마, 자?"

술이 센 어머니도 과음했는지, 아니면 준비하느라 쌓인 피로가 밀려왔는지 술에 잔뜩 취해 카운터석에 엎드려 있었다. 아버지가 그걸 돌보고 있었다. 어머니가 술에 취한 건 처음 봤네.

내일 아침엔 치우느라 아주 바쁘겠다고 생각하면서 시계를 보니 벌써 오후 9시 반이었다. 나는 아사카를 봤다.

"아사카, 슬슬 돌아가야지."

"네. 하지만 유우 오빠, 아직 끝이 아니에요."

아사카는 그렇게 말하고 어디서 꺼냈는지 편지 봉투를 손에 들고 다가왔다.

"제가 주는 생일 선물이에요."

"뭐야 그거~, 편지?" 라면서 미야가 눈을 크게 떴다. 마히루는 그 옆에서 가만히 그 봉투를 바라보고 있었다.

빨간 단풍이 그려진 남색 봉투. 초승달을 본뜬 실링 스탬프를 떼어내고 안을 확인해보니, 거기에는 직사각형 종이가 들어있었다. 난 거기에 적힌 글자를 소리 내서 읽었다.

"숙박…… 권?"

*

내가 유우 오빠의 생일 선물로 준비한 것은 온천 여관의 숙박권이었다. 그것도 그냥 온천 여관이 아니다. 겐도지가가 옛날부터 자주 가는 하코네의 고급 온천 여관이다.

그 온천 여관은 원래 숙박권을 취급하지 않지만 아버지에게 무리하게 부탁해 기념 증정품이라는 형식으로 특별히 형식상의 숙박권을 만들었다. 이미 아버지를 통해 예약도 끝냈다.

"하코네의 온천 여관에 초대할게요. 평소에 쌓인 피로를 풀어 주세요."

"좋겠다 좋겠다! 나도 온천 가고 싶어~."

미야가 떼를 쓰는 건 이미 계산해뒀다. 물론 마히루도 안절부절못할 것이다. 하지만 유감이다. 이번엔 지난번의 교훈을 살려 둘이서만 여행을 갈 것이다.

가는 사람은 나와 유우 오빠 둘뿐.

유우 오빠와 단 둘이서 정답게 온천 여행.

맛있는 요리에 노천탕.

그리고 온천 여행을 떠난 밤이라고 하면 할 일은 하나밖에 없다…….

"고마워…… 응?"

유우 오빠는 손에 든 숙박권을 살짝 옆으로 밀었다. 그 순간, 나는 불온한 뭔가를 감지했다. 마치 눈에 보이지 않는 누군가가 목덜미를 쓰다듬는 듯한 느낌.

아니, 그럴 리가 없다. 준비해준 숙박권은 두 장 뿐이었을 것이다. 나와 유우 오빠 둘이서만 가는 여행이니까 봉투 안에 든 숙박권은 두 장이어야만 한다.

"어라? **세 장** 있어"라고 유우 오빠가 말하는 것과 거의 동시였다.

'기대되네.'

그렇게 중얼거린 아버지의 얼굴이 기억 밑바닥에서 떠올랐다.

설마…….

나는 뚫어져라 시선을 보냈다. 내 눈에 비치는 숙박권은 확실히 세 장. 아아, 이게 무슨 일인가. 내가 부탁한 건 두 명분이었는데 아버지는 자신도 같이 여행에 따라갈 생각으로 세 명분의 예약을 한 것이다.

식은땀이 등줄기를 타고 흘렀다.

"세 장이라는 건 셋이서 갈 수 있는 건가?"

유우 오빠가 물었다.

"아, 네. 사실은 네 명으로 예약하고 싶었지만, 어떻게든 예약한 게 세 명분이라서요. 유우 오빠랑 저랑 누군가 한 명 더 같이……."

"나랑 아사카랑 한 명 더……."

유우 오빠는 미야와 마히루를 번갈아가며 봤다.

이 흐름은 좋지 않다.

만약 마히루도 동행하게 되면 내 어드밴티지가 없어지는 것이나 마찬가지다. 그보다 이 여행의 목적 자체가 와해된다. 둘만의 여행으로 한 번에 유우 오빠와의 관계를 진전시켜 마히루를 앞지르려고 했는데.

하지만 내 걱정은 기우로 끝났다.

"잘됐네, 미야 갔다 와. 나는 부활동 때문에 바빠서 여행 갈 시간이 없으니까."

마히루는 그렇게 말하고 깔끔하게 물러났다. 왠지 여유가 느껴지는 건 내 기분 탓인가?

"그래도 돼?"

미야는 밝은 목소리를 냈다.

"그, 그럼, 미야도 같이 갈래……?"

"갈래~."

이렇게 하코네 여행은 나, 유우 오빠, 미야 셋이서 가게 되었다.

*

다음 날 점심시간.

"잘 먹었습니다."

"마히루, 낮 연습?"

"아니, 잠깐 일이 있어서."

미야와의 점심시간을 끝내고 자리에서 일어섰다. 혼잡한 복도를 빠른 걸음으로 서둘러 걸었다. 가는 곳은 교무실이다.

"실례합니다."

나는 교무실에 들어가 여자 배구부 고문 선생님이 있는 곳으로 갔다.

"무슨 일이니? 류샤쿠."

선생님은 식사 중이었는지 편의점의 파스타 샐러드를 먹고 있었다.

“전에 얘기했던 합숙 말인데요, 어떻게 됐나 싶어서요.”

“아아, 일단 후보는 좁혀서 아타미냐 하코네냐로 고민하고 있어.”

“그런가요. 그럼——.”

나는 마음속으로 흐뭇해했다.

“하코네가 좋을 것 같은데요?”

건방진 꼬맹이 강화 합숙

1

12월 21일 금요일.

급식을 다 먹고 학생들은 청소 시간에 들어갔다. 다음 주 월요일이 대체 휴일이라 학교를 쉬고, 화요일은 종업식이며 다음 날부터 겨울 방학에 돌입하기 때문에 올해 마지막 청소는 대청소를 하게 되었다.

"자 다들, 빠릿빠릿하게 움직여."

선생님의 지시에 따라 책상을 전부 복도에 내놓고 칠판과 사물함, 창문 등 교실 전체를 확실하게 청소했다. 그리고 마지막 마무리로 왁스칠도 하는 것이다.

"조금 있으면 종업 파티인데 미야네는 뭐 해?"

친구가 물어봐서 미야는 빗자루로 바닥을 쓸면서,

"우리는~, 아이돌 해."

그렇게 자신만만하게 대답했다.

"와아. 아이돌인가."

"마히루랑 아사카랑 같이 춤추고 노래할 거야."

"대단하네."

눈을 크게 뜨면서 솔직하게 감탄하는 반 친구 뒤에서 세리자와 아키스케는 흥 하고 코웃음 쳤다.

"헹, 분명 우리의 콩트가 백만 배나 더 대단할 거라고."

세리자와는 팔짱을 끼고 기세등등한 표정을 지었다.

"어쨌든 우린 매일 연습을 하고 있으니 말이야."

"우리도 매일 연습하고 있어."

마른걸레질을 하고 있던 마히루가 일어나서 말했다.

"후후훗, 개그를 엄청 좋아하는 어른이 우리한테 소재와 대본을 써줬다고."

"흥 우리도 어린이를 엄청 좋아하는 어른한테 노래랑 안무 같은 걸 레슨받고 있거든."

"뭐라고?"

"뭐야."

세리자와와 마히루 사이에 불꽃이 튀었다.

"그럼 승부하자. 종업 파티가 끝난 뒤에 우리의 콩트와 너희의 아이돌, 어느 쪽이 대단했는지 모두에게 물어보고 이긴 쪽이 이기는 거다."

"흥, 좋아."

마히루가 고개를 끄덕였다. 그 옆에서 미야와 반 친구는 소곤소곤 말했다.

"있잖아, 이긴 쪽이 이기는 건 당연한 거 아냐?"

"좀 이상하지."

마히루는 미야를 보면서 말했다.

"좋아, 미야. 절대로 질 수 없어."

"어? 아, 응."

"야~, 아사카~!"

책상을 복도에 옮기던 아사카는 마히루의 목소리를 듣고 교실로 돌아왔다.

"왜~? 마히루."

"잘 들어, 아사카. 종업 파티는 절대로 져서는 안 되는 싸움이 됐어."

"?"

"우리와 세리자와의 결전이야."

"……?"

2

"유우 오빠."

"유우 오빠."

"유우 오빠."

"그래, 너희들 왔구나."

오늘은 종업식이었기 때문에 오전에 귀가한 나는 건방진 꼬맹이들이 오기 전에 할 일을 전부 끝내고 남은 시간을 코타츠에서 몸을 덥히는 데 쓰고 있었다.

"자, 그럼 오늘도 먼저 레슨을 할까."

요 며칠 꼬맹이들은 놀기 전에 아이돌 레슨을 하는 게 일과가 되어 있었다. 종업 파티에서 선보일 공연으로 이 녀석들은 아이돌을 선택해서 내가 의상을 준비하고 레슨을 도와주고 있다.

말하자면 프로듀서인 것이다.

"그렇지, 미쿠 씨가 의상 입혀보고 싶다고 했었어."

"의상 만들어졌어요?"

아사카가 물었다.

"세세한 부분을 조정하고 싶으니까 실제로 입어줬으면 좋겠대."

"그러고 보니 엄마가 그런 말을 했던 것 같은데."

미야는 귤을 먹으면서 말했다.

"그보다 유우 오빠."

마히루가 내 옆에 앉아서 달라붙었다.

"뭐야?"

"유우 오빠, 내일 쉬어?"

"토요일이니까 쉬지. 그보다 난 오늘부터 겨울 방학이니까 한동안 계속 쉬어."

"좋겠다, 벌써 겨울 방학이구나."

미야는 차를 홀짝이면서 말했다.

"그럼 있잖아, 유우 오빠. 우리 합숙하고 싶어."

"합숙?"

이 녀석은 갑자기 무슨 소릴 하는 거야.

"아이돌의 힘을 더 향상시키기 위해 합숙을 하는 거야. 아침부터 밤까지."

"어디서 할 거야."

"저희 집이요"라고 말하는 아사카.

뭐, 아사카네 집이라면 넓으니까 이 녀석들 셋이 자고 가도 괜찮겠지.

"……그거야, 마음대로 하라는 말밖에 할 수 없는데."

"유우 오빠도 합숙하는 거야."

"뭐라고?!"

"유우 오빠도 합숙해요. 아버지한테 물어봤는데 다 같이 자고 가도 된다고 하셨어요."

"그건 미야랑 마히루 얘기겠지."

"유우 오빠도 되냐고 물어볼게요."

아사카가 간청하듯이 말했다.

"아니 그래도."

"전에도 저희 집에서 자고 갔잖아요."

"아니, 그건 태풍 때문에 집에 못 가게 돼서 어쩔 수 없이——."

"유우 오빠."

"유우 오빠."

"유우 오빠."

꼬맹이들이 날 에워싸고 손과 옷을 잡아당기면서 졸라대서 어쩔 수 없이 승낙하게 되었다.

"아~ 진짜, 알았어 알았어."

귀찮기 짝이 없지만, 이 녀석들한테 아이돌을 하라고 권한 건 나니까 책임지고 제대로 돌봐줄까.

꼬맹이들이 이웃집인 하루야마가에 가서 시착을 하는 동안 나는 침낭과 속옷 등 갈아입을 옷을 준비했다.

"뭐야 유우. 너 어디 가?"

어머니가 방을 들여다보며 말했다.

"아~, 오늘은 잠깐 외박할 일이 있어서."

"어? 누, 누구야? 설마 여자?!"

"아니야. 그 녀석들이 종업 파티에서 할 공연의 레슨 때문에 아사카네 집에서 합숙한다고 해서, 어쩔 수 없이 어울려주는 거야."

"하아, 뭐야."

어머니의 표정에서 호기심이 순식간에 사라졌다.

"겐도지 씨한테는 허락 받았어?"

"아사카가 받았대."

"흐음. 그럼 선물로 과자라도 가져가."

"그래."

그러는 사이에 꼬맹이들이 돌아왔다.

"유우 오빠, 끝났어."

"의상은 딱 맞았어요."

"그러냐, 잘됐네."

미야만 큰 배낭을 매고 있었다. 숙박용 짐일 것이다.

"유우 오빠, 준비는 다 됐어?"

"다 됐는데, 진짜로 합숙하는 거야?"

"당연하지. 세리자와네보다 더 대단한 공연을 하기 위해서는 지옥의 합숙을 극복해야만 해."

"지옥인 거냐."

"지옥이지."

마히루가 주먹을 꼭 쥐자 미야와 아사카도 기합이 충분히 들어간 표정으로,

"응."

"맞아요."

똑같이 주먹을 불끈 쥐었다. 대체 무엇이 이 녀석들을 움직이는 걸까. 종업 파티니까 즐겁게 하면 좋을 텐데. 아마 이건 '합숙'이라는 단어의 울림에 취해있을 뿐이겠지.

"그보다 미야. 외박 같은 걸 해도 괜찮아?"

"어? 왜?"

"너 유치원 때 숙박——."

"아아~, 시끄러 시끄러!"

미야의 작은 손이 내 입을 막았다.

"유치원 숙박 체험 말인가요?"

"우리 때는 태풍 때문에 중지됐어."

"그래, 중지됐으니까 쓸데없는 소리는 안 해도 돼."

미야가 눈을 번뜩이며 째려보니 그녀의 명예를 위해 마음속 깊은 곳에 묻어둘까.

"알았어 알았어. 그럼 이제 갈까?"

"응."

"응."

"네."

우리는 〈문 나이트 테라스〉에서 출발해 우선 류샤쿠가에 들러 마히루의 숙박용 짐을 회수한 뒤, 목적지인 겐도지가로 서둘렀다.

3

겐도지가에 도착해 바로 레슨을 시작하기로 했다.

하나요시 씨도 있었지만 우리가 온 후 금방 외출해 버렸다. 어째 일이 바쁜 모양이며 내일까지 돌아오지 못한다고 한다. 그리고 아사카의 어머니도 일하느라 집을 비웠는데, 하나요시 씨의 말로는 둘 다 크리스마스와 크리스마스이브를 아사카와 보내기 위해 열심히 일을 끝내고 온다고 한다.

"그럼 일단 평소대로 레슨을 할까."

공연 때 선보일 '신데렐라'의 곡의 인스트루멘탈판을 CD 라디오 카세트로 틀었고, 건방진 꼬맹이들은 음악에 맞춰서 노래하고 춤췄다.

아사카의 방은 넓어서 가구를 구석에 이동시키지 않아도 충분한 공간을 확보할 수 있었다.

"좋아 좋아, 어긋나는 부분도 없고 타이밍도 좋아."

오늘로 레슨을 시작한 지 5일째다.

셋 다 움직임이 그럴듯해졌다. 운동 신경이 좋은 마히루는 첫날부터 춤을 완벽하게 따라 했다. 미야와 아사카도 처음엔 재롱잔치 수준이었지만 같이 춤추는 마히루에게 이끌렸는지 조금씩 능숙해져서 지금 세 사람의 호흡은 딱 맞았다.

염려 사항이었던 노래하면서 춤추는 것도 문제없다. 비교적 춤이 간단한 곡을 고른 게 효과를 거둔 건가.

솔직히 이 정도 완성도라면 합숙 같은 건 안 해도 된다고 생각하는데.

한동안 댄스 레슨을 계속하고, 휴식을 하고 다시 레슨. 그런 와중에——.

"아니야!"

마히루가 갑자기 소리쳤다.

"뭐야? 괜찮았는데."

"유우 오빠, 뭘 모르네."

어쩔 수 없다는 태도로 미야가 그렇게 말하자 아사카도 과장된 말투로,

"저희는 지옥을 이겨내야 해요."

라고 중얼거렸다.

"……대체 뭣 때문에."

"세리자와네가 하는 콩트를 이기기 위해서는 지옥의 합숙을 해야만 해. 좋~아, 팔굽혀펴기 100번이다."

마히루가 그렇게 외치자 미야와 아사카는 '오~' 하고 입을 모아 외쳤다. 갑자기 팔굽혀펴기를 시작한 꼬맹이들을 곁눈으로 보면서 나는 한숨을 쉬었다.

어린 시절의 남자애와 여자애는 기본적으로 서로 맞지 않는 법이다. 같은 반인 세리자와라는 소년 일행과의 관계는 내가 일 길이 없고 그들의 공연인 콩트에 대항 의식을 불태우는 건 이해되지만, 이 녀석들은 근본적인 부분을 잘못 인식하고 있다.

"열~, 열하나~. 아아, 더는 못해~."

미야가 탈락했다.

팔굽혀펴기 100번이라는 가당찮은 목표를 초등학교 1학년 여자 아이가 달성할 수 있을 리도 없어서 아사카는 13번, 마히루는 22번째에 포기했다.

“하아, 하아.”

“마히루, 다, 다음은?”

“뭐 할 거야?”

“다, 다음은 다시 댄스 레슨이다.”

“오~.”

“오~.”

땀을 흠뻑 흘리면서 춤과 근력 운동을 반복하는 건방진 꼬맹이들.

“하아, 하아, 잠깐, 쉬지 않을래?”

“무슨 소리야, 미야. 지옥의 합숙에 휴식 같은 건 없어.”

“있잖아, 에어컨의 난방을 세게 해서 방을 덥게 하면 더 지옥이 되지 않을까.”

산뜻하게 터무니없는 말을 하는 아사카.

“그거다, 아사카.”

“그거다, 가 아니라고. 너희들 그런 짓을 했다간 죽을 거라고. 휴식은 제대로 하고 수분 보충도 해.”

“하지만 유우 오빠, 지옥의 합숙이——.”

“너희는 중요한 걸 잊고 있다!”

“중요한 것?”

"중요한 것?"

"중요한 것?"

"너희가 아이돌을 하는 목적은 뭐지?"

난 근본적인 질문을 했다.

"세리자와네를 이기기 위해서지."

"응."

"맞아요."

"하아. 있잖아, 처음엔 확실히 세리자와라는 애랑 다른 애들이 하는 콩트보다 대단한 걸 하고 싶다는 동기가 있었지만, 애초에 이건 종업 파티에서 하는 공연이잖아? 승패에 연연하는 것보다 반 친구들을 즐겁게 해주는 게 가장 중요하지 않아?"

"!"

"!"

"!"

"남자한테 지고 싶지 않다는 마음도 이해하지만, 2학기 마지막에 모두가 기대하고 있는 파티야. 그런데 딱딱하게 아이돌을 하면 반 친구들은 그걸 재밌게 봐줄까? 한 번밖에 없는 2학기 종업 파티. 반 친구들을 즐겁게 해주고, 너희도 즐기지 않으면 손해야."

마치 스포츠 만화의 주인공이 큰 컷으로 과장된 대사를 말했을 때와 같은 분위기가 감돌았다. 꼬맹이들은 깜짝 놀란 표정을 지었고, 나는 조금 부끄러워졌다.

"열심히 하는 것도 중요하지만, '재밌게 하자'는 말이야."

"그래, 내가 틀렸어. 종업 파티는, 즐겁게 하는 거야."

"마히루."

"마히루."

셋은 서로 얼굴을 마주 보고 감격한 표정을 지었다.

"미야, 아사카. 이제 지옥의 합숙은 끝이야."

"응."

"응."

"즐거운 합숙으로 변경한다."

"오~."

"오~."

이거야 원, 손이 많이 가는 꼬맹이들이야……!

*

텔레비전 화면 속에서 대난투를 벌이는 캐릭터들.

가사도우미 분들이 만들어준 호화로운 밥을 먹고 우리는 아사카의 방에서 게임을 했다.

"좋아, 지금이야 아사카. 날려버려."

"유우 오빠부터 노려~."

"응. 에잇."

"아, 아아~ 젠장."

저편으로 날아가는 내 캐릭터.

"그보다 너희들. 연습 안 해도 되냐."

"그치만 아까 전에 지옥의 합숙은 끝이라고 말했잖아"라는 마히루.

"아니, 그건 어디까지나 의식의 문제고 평소보다 더 많이 연습하기 위해 일부러 아사카네 집에 묵는 거잖아?"

"하지만 이제 배불러서 움직이기 싫어."

미야가 말했다.

"이제 게임하고 놀아요."

무릎 위에 앉은 아사카가 날 올려다봤다.

"그런 거야"라고 말하는 마히루.

나 참, 이러면 그냥 파자마 파티잖아.

"7시인가. 슬슬 목욕하자."

미야가 기지개를 쭉 켰다.

"오~, 갔다 와."

"유우 오빠는 안 해?"

마히루가 물었다.

"너희가 한 다음에 할 거야."

"같이 해요."

아사카가 내 손을 잡아당겼다.

"바보야, 같이 들어갈 리가 없잖아."

"태풍이 왔을 때는 같이 했잖아요."

"아니, 그건."

"유우 오빠, 아사카랑 같이 목욕했어?"

"응."

"이상한 오해 하지 마라? 그건 말이다──."
"이상한 오해가 뭐야?"
"뭐가 이상해?"
미야와 마히루는 이상하게 여기는 눈으로 날 봤다.
"아, 아니──."
어른 남자와 여자 어린이가 같이 목욕을 하는 건 가족을 제외하면 일반적으로는 이상하다고 생각하는데, 이 녀석들은 그걸 자각하지 못하는 건가. 날 믿는 건가, 아니면 진짜로 자각이 없는 건가…….
그걸 의식하는 건 내가 어른이기 때문이고, 거기서 생기는 이상한 의미를 이 녀석들이 이해하지 못해도 이상할 것은 없다.
나는 딱히 로리콘이 아니지만, 그런 구별은 똑바로 해둬야만 한다.
"아, 오늘은 수영복 안 가져왔지."
아사카가 말했다.
"수영복?"
"수영복?"
"전에 유우 오빠랑 같이 목욕했을 때 왠지 모르겠지만 수영복을 입지 않으면 안 된다고 했어."
"왜?"
"왜지?"
"그야, 너희도 일단은 여자애니까. 남자한테 알몸을 보이면 부끄럽잖아?"

"아~."

"그렇구나."

"그래서 안 돼."

"유우 오빠라면 난 딱히 신경 안 쓰는데."

"내가 신경 쓰인다고. 빨리 하고 와."

"네~."

"네~."

"네~."

그리하여 나는 약 1시간 후, 꼬맹이들이 목욕한 물에 몸을 담갔다.

"자 그럼 슬슬 잘까."

시각은 9시 반을 넘겼다.

결국 목욕을 마친 후에도 과자를 먹으면서 게임 파티를 즐긴 건방진 꼬맹이들. 이를 닦고 화장실에 갔다 온 후에 침대에 깔린 이불에 파고들었다.

"유우 오빠는 여기예요."

내 시점으로 봤을 때 오른쪽 끝에 누워있는 아사카가 자기 옆자리를 통통 두드렸다.

"아니, 난 다른 방에서 자는 편이."

"에에, 왜요?"

"왜냐니——."

"태풍이 온 날 밤에는 같이 잤잖아요."

"아니 그건…… 아아 진짜, 알았어."

여기까지 왔으니 이 녀석들이랑 어울려줄까. 아사카 옆에 파고들었다. 그러자,

"……나도 유우 오빠 옆이 좋아."

그렇게 말하고 왼쪽 끝에 있던 마히루가 내 바로 옆으로 이동해 달라붙었다.

"어? 그럼 나도."

미야는 그렇게 말하고 일어났지만 이미 마히루와 아사카가 내 옆에 자리를 잡았다.

"음~, 그럼 여기."

놀랍게도 미야는 다리 쪽에서 이불에 파고들어 내 몸 위를 기어왔다. 미야는 내 상반신에 도착하자 엎드린 채로 거기에 자리를 잡아버렸다.

"어, 야 미야. 너 왜 그런 곳에."

"여기밖에 안 비어 있는걸."

"넷이 딱 붙어서 따뜻하네요."

아사카는 만족스러운 표정을 지었다.

"응, 따뜻해."

미야가 내 가슴에 얼굴을 파묻으면서 말했다.

"불 꺼도 돼?"

마히루가 리모컨을 들었다. 잠시 후, 조명은 약한 오렌지빛으로 바뀌었고, 실내는 희미한 어둠에 휩싸였다.

폭신폭신한 침대와 이불, 그리고 오른쪽에 아사카, 왼쪽에 마히루, 위에 미야. 꼬맹이들에게 완전히 포위당해 버렸다.

"이제 졸려, 잘 자."

누구에게랄 것도 없이 미야가 그렇게 말하자 마히루와 아사카도 같이 인사했다.

"잘 자."

"안녕히 주무세요."

"하암…… 잘 자."

세 마리의 건방진 꼬맹이에게 밀착당한 채로 지옥 합숙의 밤은 깊어갔다.

"……무겁고 더워."

4

짹짹 하고 새가 우는 소리가 어디선가 들려왔다.

창문으로 비치는 하얀 아침 해에 어렴풋한 시야가 선명해져갔다. 내 방이 아니다. 몇 초 지나서 그것을 알아차렸다.

"으으음."

그래, 꼬맹이들이 아이돌 레슨을 위해 합숙을 하고 싶다는 영문을 알 수 없는 소리를 해서 나도 거기에 휘말렸었지.

오늘은 토요일.

여기는 겐도지가, 아사카의 침실.

그리고——.

"색색."

"음냐 음냐."

"새근새근."

날 둘러싸고 기분 좋게 자면서 숨소리를 내고 있는 건방진 꼬맹이들.

오른쪽에 아사카, 왼쪽에 마히루, 그리고 내 몸 위에 미야, 이렇게 배치되어 있다. 시계를 보니 딱 7시다.

"얘들아, 일어나. 아침이야."

"으음."

"흐아암."

"아침인가요?"

이불을 치우고 몸을 일으키려고 하자마자 겨울의 냉기가 우릴 감쌌다.

"추워!"

그도 그럴 것이다.

기상 후 이불에서 나온다는 행위는 매일 아침 하는 일인 데도 힘들다. 거기에 겨울의 이른 아침의 추위는 그걸 한층 더 괴롭게 만들었다. 이때까지 넷이 밀착해서 따뜻하게 있었던 것도 있어서 체감되는 추위는 한층 더 컸다.

미야가 '추워'라고 말하고 이불을 원래대로 돌려놨다.

결국 우린 원래 자세 그대로 이불 속으로. 어젯밤에 잘 때는 이 녀석들이 밀착해서 덥고 무겁다고 생각했는데, 이렇게 아침의 냉기에 몸이 움츠러들 때는 아이의 높은 체온이 고맙게 느껴지네.

"확실히 춥네."

"좀 더 이러고 있어요."

아사카가 말했다.

"그렇네. 너희들, 날 따뜻하게 해라."

이불 속에서 꼬맹이들과 밀착했다.

"근데 이러면 계속 이불에서 못 나오겠네"라고 말하는 미야.

"춥잖아."

마히루가 내 팔에 달라붙으면서 말했다.

"그러고 보니 오늘은 에어컨 타이머 켜두는 걸 잊어버렸어."

아사카가 큰일 났다는 표정으로 말했다. 아무래도 평소에는 아침 무렵에 난방이 작동하도록 에어컨의 타이머 기능을 세팅해두는 모양이다. 어젯밤에는 계속 우리랑 같이 놀아서 잊어버렸을 것이다.

난방만 되면 이불에서 나올 마음이 생기는데…….

"유우 오빠, 에어컨 리모컨 가져와서 난방 켜줘."

"말 꺼낸 네가 갔다 와, 미야."

"추우니까 싫어."

"나도 싫어."

중요한 리모컨은 침대에서 조금 떨어진 선반 위에 있어서 결국 이불에서 나와 추위 속을 걸어야만 한다.

누군가가 추위를 느끼지 않으면 모두가 이불에서 빠져나올 수 없다. 그렇다고 해서 그 누군가가 되는 건 모두 사절하니 결국 우리는 이불 속에서 뜨끈뜨끈하게 쓸데없는 시간을 보냈다.

"응? 이봐, 마히루?"

유난히 조용하다 싶어서 왼쪽을 보니, 마히루는 다시 자고 있었다. 내 팔에 달라붙어서 새근새근 숨소리를 냈다. 추운 아침, 따뜻한 이불에 파고들어 다시 자는 건 최고의 쾌락이다.

"나도 한 번 더 자야지."

"나도."

미야와 아사카도 눈을 감았다.

'그럼 나도' 라고 말하고 뒤따르고 싶지만 슬슬 일어나지 않으면 좋지 않을 것이다.

겐도지가의 가사도우미 분들이 아침 식사 준비를 시작했을 것이고, 냉정히게 생각해보면, 여자 초등학생의 침대 위에서 세 명의 여자 아이가 딱 들러붙어 있는 이 상황을 만약 가사도우미 분들에게 목격당하면 터무니없는 오해를 살 우려가 있다.

"야, 너희들 역시 일어나야 해."

"에~."

"추워요."

"너희들 일단 합숙할 생각으로 여기서 잔 거잖아? 합숙한 다음 날 아침은 빠른 법이라고."

"합숙 다음 날 아침엔 뭐 해요?"

"그야 당연히 아침 연습이지. 마히루도 일어나."

"흐에?"

이불을 떨쳐내고 우리는 겨우 기상했다.

*

"으~, 추워!"

미야가 양쪽 팔꿈치를 안으면서 말했다.

쨍하게 코를 찌르는 한기가 아침의 후지노미야를 채우고 있었다. 하늘은 파랗고 맑았지만 햇볕에 온기가 전혀 느껴지지 않았다. 아침을 다 먹은 우린 바로 워밍업을 하기 위해 바깥으로 나왔다. 아사카의 부모님은 아직 안 돌아오셨구나.

"그래도 화요일은 드디어 종업 파티다."

마히루가 그렇게 말하자 꼬맹이들의 눈에 불이 붙었다.

"좋~아, 미야, 아사카, 공원까지 달리자~."

"오~."

"오~."

"……밥 먹고 힘껏 달리면 토한다."

항상 가는 공원으로 향하는 우리. 가는 도중, "아, 히카리다"라는 마히루.

"오, 다들 같이 있네."

가는 도중, 운동복 차림인 시모무라 히카리와 딱 마주쳤다. 어깨에는 가방을 매고 등에는 라켓을 짊어지고 있었다. 물어보니, 지금부터 소프트테니스부의 연습을 도우러 간다고 한다.

"겨울 방학인데 아침부터 연습을 도우러 가다니, 대단하네."

"아냐, 좋아서 하는 거니까. 그건 그렇고 너희도 이런 아침 일찍부터 놀다니 드문 일이네."

신기하다는 표정을 짓는 히카리.

"어? 아니──."

큰일이네. 아사카네 집에서 잤다는 게 알려지면 정말 말도 안 되는 의심──로리콘 의혹──을 받을 우려가 있다.

"다, 다들 일찍 일어났지──."

"그도 그럴게 어제는 다 같이 우리 집에서 합숙했어요."

내 말을 가로막듯이 아사카가 말했다.

"아아, 파자마 파티 했구나."

"파자마 파티 아니야. 합숙이야."

미야도 말했다.

"합숙?"

"아이돌 합숙이야."

마히루가 팔짱을 끼고 약간 자랑스러운 듯이 말했다.

"어? 뭐야 뭐야 그게."

히카리는 흥미진진한 얼굴이었다.

"종업 파티에서 아이돌을 하니까 연습한 거예요."

아사카가 설명했다. 종업 파티에서 아이돌을 하는 것, 평소부터 연습을 하고 있으며 마무리로 지옥 합숙을 한 것 등등.

"와아, 종업 파티인가. 그립네. 난 연극 같은 걸 했었지."

"우린 노래하고 춤춰. 이런 느낌으로."

미야가 그 자리에서 춤췄다.

"와아, 잘한다 잘한다."

"야, 야, 시모무라, 서두르지 않아도 되냐──."

"어? 아, 그렇지."

좋아 좋아, 빨리 가라!

"그럼 난 부활동 도우러 갈게."

"그건 그렇고 유우 오빠의 레슨은 힘들었다고."

마히루의 말에 뒤돌아서려던 히카리의 발이 멈췄다.

"……응? 아리츠키가 가르쳐줬어?"

"어? 아, 아아, 역시 어른이 제대로 가르쳐줘야 한다고 생각해서. 난 딱히 아이돌 같은 거에 관심 없었지만――."

"어제도 유우 오빠가 밤까지 지옥의 연습을 시켰지."

지옥의 연습을 하고 싶어 했던 건 너희잖아. 그보다 히카리 앞이라고 슬쩍슬쩍 과장해서 이야기하지 마!

"어? 혹시 아리츠키도 아사카네 집에서 잤어?"

히카리의 표정이 약간 딱딱해졌다.

"아니, 이 녀석들이 꼭 같이 합숙하자고 부탁해서. 그리고 잤다고 해도――."

"어제는 넷이서 같이 자고 재밌었죠."

아사카가 폭탄을 던졌다.

"넷이서 같이, 잤어?"

"아니 그러니까."

이 흐름은 좋지 않다.

"유우 오빠, 추우니까 따뜻하게 해달라고 해서 우리 딱 붙어서 잤잖아."

그건 오늘 아침에 있었던 일이잖아…… 그게 아니라, 지금은 그런 것보다――.

"어? 아리츠키, 셋이랑 같이 잔 거야?"

"아, 아니——"

"역시 로리콘이었구나."

"아니야, 기다려!"

아니라고오오오오오오오오오오오오오.

*

그 후, 필사적으로 설명해서 오해는 어떻게든 풀렸다.

1

“으에에에에에에에에?!”

유우히는 소리칠 수밖에 없었다.

“잠깐, 그렇게 놀랄 건 없잖아.”

마히루 선배는 난처한 표정을 지었다.

“조용 조용.”

화요일 점심시간, 장소는 항상 만나는 안뜰.

어제 있었던 생일 파티의 전말을 듣기 위해 유우히는 평소처럼 마히루 선배와 만났다. 유우히가 사전에 연애에서 생일 선물이 얼마나 중요한지 말하고 조언은 했지만, 마히루 선배는 최종적으로 스스로 생일 선물을 정해서 유우히는 무엇을 줬는지 듣지 못했다. 무엇을 선물로 줬고 반응은 어땠는지 궁금했는데…….

“아니, 아무리 그래도 반지 케이스를 선물하다니…….”

마히루 선배는 사고를 쳤다.

자유롭게 하게 두면 언젠가 사고를 칠 줄 알았지만, 설마 이렇게 빨리 폭발할 줄이야.

“어~? 안 돼?”

“마, 마마마마, 마히루 선배, 자, 자신이 뭘 했는지 알고 있어요? 반지 케이스를 주고 ‘기다릴게요’라니, 고백이라 해야 할까, 그건 이미 프러포즈예요!”

마히루 선배에겐 사랑의 라이벌도 있으니 어떻게든 상대의 마음에 손톱자국을 남길 수 있는 게 좋다고 생각하긴 있지만, 이거 손톱자국이 아니라 크레이터가 생겨버렸다.

"하지만 '언제까지나 기다린다'는 건 그런 거잖아. 그리고 고백이나 프러포즈나 둘 다 비슷한 거고, 이제 와서 그런 건 신경 안 써."

"그건 그렇지만. 그, 그래서 상대분의 반응은? 아니, 그보다 라이벌도 생일 파티에 있었죠?"

사랑의 라이벌에 대한 견제는 되나?

아니, 안 된다. 이건 데드볼이다.

그보다 그런 걸 라이벌 앞에서 주면 아수라장이 된다고!

"아, 그건 괜찮아. 단둘이 있을 때 줬으니까 반지 케이스에 대해서는 그 사람밖에 몰라. 그리고 그 사람도 잘 받아줬고."

"그, 그런가요."

받은 거냐.

아수라장이 되지 않아 유우히는 가슴을 쓸어내렸지만 상대 남자의 심경을 생각하자 뭔가 속이 쓰린 듯한 느낌이 들었다. '언제까지나 기다린다'는 말을 들은 데다가 반지 케이스를 받으면 상당히 부담된다니깐…….

이름도 모르는 마히루 선배가 좋아하는 사람, 강하게 살아야 해…….

"그건 그렇고, 라이벌은 뭘 선물했어요?"

"그게 말이야."

그렇게 말하며 마히루 선배는 설명했다.

"——그렇군요, 하코네 온천 여행."

라이벌 여자도 상당히 공격적인 수를 둔 것 같다. 아직 연인 사이가 아니라 하더라도 남녀가 온천 여행을 가게 되면 그런 일이 일어날 가능성은 높다. 그보다 온천 여행은 그런 걸 하기 위한 것이기도 하고(편견).

그 여행에서 한 번에 관계를 진전시키려는 속셈인 것 같다.

어라?

그렇다면 마히루 선배가 반지 케이스를 선물한 건 생각하기에 따라서는 오히려 좋은 것 아닌가?

임팩트만 보면 온천 여행에도 뒤지지 않고, 상대의 마음에는 당분간 마히루 선배가 준 선물이 쐐기처럼 박혀있을 테니, 만약 그런 일이 일어나려고 해도 마히루 선배에 대한 마음이 일종의 방파제 역할을 해줄지도 모른다. 어디까지나 해줄지도 모른다, 수준이지만.

다만 그 여행에서 승부가 날 가능성도 없지는 않다. 고등학생의 여행이니까 의외로 플라토닉하게 끝날지도 모르지만, 거기서 선을 넘으려고 하면…….

"으~음, 만약 그 여행에서 상대 남자분이랑 라이벌 여자애가 해버리면 상당히 불리해지는데, 저희는 아무것도 할 수 없네요."

"한다니?"

"에?"

"어?"

"그러니까, 그걸…… 하면……."

"아……."

마히루 선배는 얼굴을 새빨갛게 물들이고 고개를 숙였다.

"일부러 온천 여행이라는 상황을 준비해온 상대예요. 선을 넘는 것을 노리는 건 충분히 생각할 수 있어요."

라이벌 여자애는 상당히 적극적인 것 같다.

"응, 그렇네. 그래서 지금부터가 본론인데."

마히루 선배는 고개를 이쪽으로 돌리고 계속해서 말했다.

"우리 이번 달에 합숙이 있어. 이번 달 말부터 고등학교 선수권 대회 예선이 시작되니까 그걸 대비해서 최종적으로 조정하는 합숙이."

"아아, 저희 반 배구부 애도 그런 말을 했어요. 그게 왜요?"

"응, 그게 있지."

그때 마히루 선배의 눈에 요사스러운 빛이 반짝인 것처럼 보인 건 분명 유우히의 기분 탓일 것이다.

"그 합숙 장소가 말이야, 하코네야."

"네?"

"마침 일정도 그쪽의 하코네 여행 일정이랑 완전히 겹치거든."

그쪽이라고 하면 마히루 선배가 좋아하는 사람과 라이벌을 가리킬 것이다.

"……."

"……."

"어떻게 생각해?"

마히루 선배의 커다란 눈동자가 유우히의 얼굴을 들여다봤다.

"얘, 어떻게 생각해?"

"어, 어떻게 생각하냐뇨, 마히루 선배, 뭘 할 생각이에요……?"

"그러니까 우리 합숙이랑 그쪽에서 가는 여행, 둘 다 똑같이 하코네에서 해. 같은 시간, 같은 곳에서 하면 현지에서 우연히 만나도 어쩔 수 없는 일이지?"

"마히루 선배, 설마 합류해서 방해할 생각인가요?"

"방해라니, 그런 짓은 안 해. 하지만 그쪽이 온천 여행에서 결판을 내려고 한다면 이쪽도 나름대로 수는 써야지."

마히루 선배는 그렇게 말하고 앞으로 몸을 돌려 대담한 웃음을 띠었다.

눈알이 안 움직여, 이 사람. 그만큼 이 사랑에 각오했다는 뜻일 것이다.

마히루 선배의 스탠스는 '자신을 봐줄 때까지 쭉 기다린다'이지만, 그건 딱히 '누군가와 연애를 해도 최종적으로 자신을 선택해주면 그걸로 좋으니 쭉 그때를 기다린다'라는 낙관적인 자세가 아니다. 오히려 최종적으로 자신을 선택하도록 가능한 한 기회를 잡아야만 하는 수라의 길이다.

그러니 확실히 행선지가 겹친다는(게다가 일정도 같다) 기적을 이용하지 않을 수 없다. 상대가 이 여행에서 그런 것을 노리고 있을 가능성이 높은 이상, 이쪽도 가능한 것은 하는 편이 좋다.

다만――.

"마히루 선배, 어디까지나 정정당당하게 하는 거예요. 상대의 숙소에 들이닥치거나 데이트에 합류해서 방해하면 마히루 선배의 인상이 안 좋아질 거예요."

"알고 있다니깐. 분별은 똑바로 해. 내가 두 사람 사이에 끼어들어서 방해한다던가, 그런 짓은 더 이상 안 해."

"꼭이에요."

……더 이상?

"네네. 드디어 이야기가 진척되겠네. 그래서 방해는 안 한다고는 해도 아무것도 안 할 수는 없잖아. 이 상황에 내가 할 수 있는 일을 내 나름대로 이것저것 생각했는데 유우히의 의견도 듣고 싶어서."

"네."

"이건 될 것 같다던가, 이건 안 된다던가, 제삼자의 눈으로 판단해줬으면 하거든."

"알았어요. 그럼 유우히도 아이디어가 있으면 말할게요."

"응, 부탁할게."

*

"우후후후."

나는 창가에 기대 하늘에 뜬 달을 올려다봤다.

누구도 방해하지 않는 둘만의 정다운 온천 여행으로 유우 오빠를 차지할 예정이었는데, 미야가 참가하게 되어 계획을 일부 재검토했다.

미야의 가장 무서운 점은 뭐니뭐니 해도 그 '순진함'이다. 캠프 때처럼 '순진함'을 발휘하지 않도록 세심한 주의를 기울여야 한다.

뭐, 이번엔 최대의 강적인 마히루가 참가하지 않아서 완전히 내가 주도권을 쥘 수 있는 상황이 되었다.

마히루에겐 미안하지만 나는 이번 여행으로 완전히 리드를 잡을 것이다. 마히루가 역전할 수 있는 여유도 없을 정도로 격차를 벌려 그대로 유우 오빠를 차지할 것이다.

"이기는 건 나야."

나에게 유우 오빠는 인생 그 자체.

내가 사는 목적이자 날 이 세상에 계속 살아있게 하는 이유.

그 사람에게 선택받지 못하면, 나는…….

*

"온천인가."

기대된다.

"언니, 밥 먹으래~."

"으헤헤, 온천 여행."

이전에 온천에 갔던 게 고등학교 1학년 때였나. 아사카, 마히루랑 같이 아타미에 있는 온천 여관에 짧은 여행을 갔었지. 맛있는 요리에 기분 좋은 온천. 그 여행은 즐거웠어.

이번엔 합숙 때문에 마히루가 못 가니까 선물 같은 걸 사줘야

겠어. 그리고 모처럼이니까 가을 옷은 새 옷을 사서 갈까. 그리고 여행 가방이나 백도 준비해서——.

"언니! 듣고 있어?"

"흐에? 우왓, 미소라, 언제부터 거기 있었어?"

정신을 차리고 보니 미소라가 내 대각선 뒤에 있었다.

"깜짝 놀랐잖아."

"지금 막 부르러 왔다니깐. 저녁 먹으래."

"아아, 고마워. 지금 갈게."

"정말, 언니는."

나는 의자에서 내려와 문으로 향했다.

아아, 기대된다.

*

이렇게 각자가 각자의 생각을 가슴에 품었고, 드디어 하코네 여행을 가는 날이 찾아왔다.

2

10월 14일.

가을의 쾌청한 날씨가 기분 좋은 토요일.

"그럼 다녀오겠습니다~."

미야가 내 차 조수석에 탔다. 빨간 카디건에 하얀 원피스를 맞춘 가을다운 옷차림이다. 긴 갈색 머리카락을 땋아서 양어깨에 늘어뜨린 게 사랑스러웠다.

"조심하렴~"이라고 미쿠 씨가 말하는 옆에서,

"선물 꼭 사와야 해."

미소라가 큰 소리로 말했다.

"알았다니깐."

"그럼 유우 군, 잘 부탁할게."

"알겠습다."

난 차를 몰았다.

드디어 오늘부터 아사카가 준 내 생일 선물, 하코네의 온천 여관에서 1박 2일 간의 여행이 시작된다. 아사카는 현지에 있는 온천 여관에서 기다리고 있다고 해서 나와 미야는 하코네로 직접 차를 타고 가게 되었다.

시각은 아직 오전 8시.

거리는 한창 분주하게 출근 행렬이 이어지고 있지만 니시후지 도로에서 신토메이를 타면 쾌적하다. 내비게이션의 안내를 따라 차를 몰았다.

"나 하코네는 처음일지도."

"나도야."

"하코네는 시즈오카인 줄 알았는데 카나가와구나."

미야는 도중에 편의점에서 산 오렌지주스를 마시면서 들뜬 얼굴을 보였다. 이 녀석은 언제까지나 어린애 같네.

"맞다, 유우 오빠, 마히루도 오늘부터 합숙이래."

"이제 고등학교 선수권 대회 예선이 시작되니까."

"게다가 마히루네 배구부도 합숙을 하코네에서 한대."

"뭐? 정말이야?"

"응. 우연히 목적지가 겹쳤대. 숙박하는 곳이 가까우면 거기서 만날 수 있을지도."

"아니, 마히루는 놀러 가는 게 아니라고."

합숙이니까 부활동을 같이 하는 친구들과 함께 행동할 테고, 빠져나올 틈은 없는 것 아닌가. 그건 그렇고 하코네에서 합숙이라니, 상당히 특이하다. 그보다 애초에 하코네에 배구를 할 수 있는 체육관 같은 게 있나?

"그치만 마히루만 없어서 왠지 섭섭한걸."

"그건 그렇네."

"언젠가 넷이서 여행 가고 싶다."

"……그렇네."

내 마음은 술렁였다.

아사카는 나를 위해 이번 여행을 계획하고 생일 선물로 준비해줬다.

날 기쁘게 하기 위해 하코네 여행 준비를 해준 것, 그 자체는 순수하게 기쁘고 솔직하게 기뻐해야 할 일이지만 쇼난의 별장에서 일어난 그 충격적인 사건——아사카가 날 덮친 일——을 생각하면 이번에도 뭔가 꾸미고 있는 게 아닐까 하는 불안을 떨쳐낼 수 없었다.

일반적(?)으로 남녀의 온천 여행이라는 것은 어른의 관계가 따라다니고, 일반적(?)으로는 그런 의미를 가진다는 말을 들었다. 이번엔 미야도 끼어서 세 명이지만 경계는 해둬야 한다.

쇼난에서는 아사카의 유혹에 한번 져서 그녀를 안을 뻔했던 스스로를 부끄럽게 여기고, 여고생을 건드리는 건 사회적으로 용납되지 않는 짓이라는 것을 머리에 집어넣었다.

마히루와의 관계도 있고, 앞으로 어떻게 아사카와 마히루와의 관계를 수습해 나갈지 진지하게 생각해야 한다.

적어도 둘에게는 두 사람 모두 나에게 호감을 가지고 있다는 것만은 어떻게든 알려지지 않도록 해야 한다.

아사카와 마히루가 날 두고 싸우지 않길 바라기 때문이다.

"유우 오빠? 왜 그래?"

"엉?"

"왠지 무서운 얼굴 하고 있어서."

"아아, 운전에 집중하고 있었을 뿐이야. 그렇지, 어제 드디어 소설 다 읽었어."

"진짜? 어땠어~?"

미야가 준 생일 선물인 미야의 자작 추리 소설에 대한 감상을 이야기하면서 우리는 하코네로 가는 여정을 즐겼다.

도중에 이즈종관자동차도에 들어가서 미시마츠카하라 나들목에서 빠졌다.

"오오, 저게 뭐지. 드래곤 캐슬?"

체육공원이라 해야 할지 성이라 해야 할지 모르겠지만 남자의 로망을 자극하는 정체불명의 건물이 눈에 들어왔다.

미야의 대답이 없어서 조수석을 살짝 보니, 그녀는 어느샌가 잠들어 있었다. 기분 좋게 새근거리고 있었다. 출발한 지 1시간도 안 지났는데 용케도 자네, 이 녀석은.

조금 더 달리자 이윽고 현 경계를 넘어 하코네에 들어섰다.

왼편의 나무들 사이로 아시노호가 보였다. 호반에 주차장이 있어서 거기에 들어가 봤다.

"야, 일어나, 미야."

"흐에?"

미야의 어깨를 흔들어 깨웠다.

"음, 벌써 도착했어?"

"조금만 더 가면 되는데, 아시노호가 보여서."

주차장 바로 앞은 호수라서 산에 둘러싸인 아시노호를 볼 수 있었다.

"저거 봐, 해적선이야."

"우와!"

해적선 같은 유람선이 정박해 있었고 관광객이 줄을 서서 타고 있었다. 미야는 눈을 크게 뜨고 그 모습을 지켜봤다.

"굉장하다~, 저게 뭐야."

하코네에는 처음 와봤는데 멋대로 차분한 어른의 온천 마을 같은 것을 상상했던 만큼 좋은 의미로 기대를 배신당했다.

녹음과 오래된 건물이 어우러져 뭔가 옛날로 타임슬립한 듯한 느낌—— 그런 걸 상상했는데 이 주변은 아직 새 건물 같은 게 많네.

장소에 따라서 분위기가 다른 걸까.

"날씨 좋다."

미야는 기지개를 켜면서 하늘을 올려다봤다. 상쾌한 파란 하늘에 점점이 구름이 떠있어서 최고로 놀기 좋은 날이다.

"좋아, 그럼 갈까."

"응."

차로 돌아와 목적지를 향했다.

큰 토리이를 통과한 뒤부터 길이 점점 좁아졌다. 산속의 길을 나아가니, 인도는 관광객으로 보이는 사람들로 북적였고 외국인 관광객도 많았다. 하코네 신사가 근처에 있다고 한다.

참고로 이번에 우리가 묵는 온천 여관은 아시노호 호반에 있다고 한다. 내비게이션의 안내를 따라 아시노호 옆에 있는 고갯길을 달렸다.

녹음과 자연에 둘러싸인 길은 산책을 해도 기분이 좋을 것 같다.

잠시 후, 시야가 트였다.

"여기다."

주위가 나무에 둘러싸인 주차장. 그 안쪽에 우리가 묵을 〈아카츠키정〉의 현관문이 보였다. 마치 은신처처럼 눈에 띄지 않았고, 감도는 분위기는 그야말로 현대로부터 몇십 년이나 옛날로 돌아간 듯이 레트로했다.

내가 멋대로 상상했던 하코네의 이미지에 합치하는, 정취 있는 온천 여관.

"좋은 곳이네."

미야가 감탄했다.

후지노미야시에도 쇼와*의 향기가 남아있는 곳이 몇 군데 있지만, 이곳에 감도는 분위기는 쇼와의 잔향이라기보다는 쇼와를 그대로 보존한 듯했다.

난 쇼와 문화가 아직 남아있던 헤이세이 초기에 태어났기에 이런 고풍스러운 분위기는 마음이 안정되어 좋아한다. 이게 고급 여관이라는 건가.

"자, 짐 꺼내자~."

"응."

차를 세우고 트렁크에서 캐리어와 여행 가방을 내리고 입구로 가니 아사카가 안쪽에서 모습을 보였다.

*

"다들 있지~. 그럼 가자."

우리는 고문 선생님을 따라 전철에 올라탔다.

"드디어 하코네에 가네, 마히~."

카오리가 들뜬 표정을 보였다.

"놀러 가는 게 아니라고. 가혹한 연습으로 피폐해진 몸을 확실하게 쉬고, 기력을 채워서 예선에 만전의 상태로 임하기 위한 합숙이거든."

---

*서기 1926년부터 1989년까지의 일본 연호.

"다시 말해서 최종적으로는 놀러 간다는 뜻이잖아."

"윽."

연습도 일단 하긴 하지만.

"마히도 참, 모처럼 하코네에 가는데 표정 딱딱해. 이러니저러니 해도 마히도 기대하고 있었잖아?"

"으~음, 뭐 그렇지."

물론 합숙도 중요하고 기대되긴 하지만…….

이번 여행에서 아사카가 또 유우 오빠를 덮치거나 유혹할 가능성은 아주 높다. 미야가 같이 있다는 사실이 좋은 견제가 되면 좋겠지만. 아사카니까 분명 이것저것 꾸미고 있을 것이다.

자칫 잘못하면 이번 여행에서 결판이 난다고 해도 과언이 아니다. 아사카도 진지하게 유우 오빠를 차지하려고 할 테니, 나도 진지하게 그걸 저지해야 한다.

"역시 마히야, 재충전을 하기 위한 합숙이라도 긴장을 늦추지 않는구나."

"……뭐 그렇지."

창밖을 보니 멀어져 가는 후지산이 눈에 들어왔다.

3

"아사카~!"

미야가 달려갔다.

아사카는 크림색 스웨터에 검은 반바지를 입고 있었다. 저렇게 다리를 드러냈는데 춥지 않은 걸까.

미야가 아사카의 손을 쥐고 붕붕 흔드는 모습을 흐뭇하게 생각하면서 난 짐을 들고 천천히 갔다.

"안녕, 아사카."

"기다리고 있었어요."

아사카는 싱긋 미소 짓고 말했다.

"오늘은 고마워."

그렇게 말하고 난 숙박권을 꺼냈다. 아사카에게 받은 생일 선물은 여행 자체가 아니라 정확히는 이 숙박권이다.

"아, 그건 형식적인 거라서 안 써요. 아무쪼록 기념으로 간직해 주세요."

"그런 거야?"

"체크인은 이미 끝내뒀으니까 방으로 안내할게요."

기본적으로 호텔이나 여관 등의 체크인은 오후부터 하는 게 일반적이지만, 역시 겐도지가에서 자주 이용하는 고급 여관이다.

현관문을 넘어가니, 그곳은 넓은 로비였다.

왼편에 있는 정원에 접한 벽은 전체가 유리로 되어 있었고 테이블과 의자가 늘어서 있었다. 담소를 나누고 있는 노부부와 시큰둥한 얼굴로 신문을 읽고 있는 중년 남자 등이 앉아있었다. 전체적으로 유복한 손님층이다.

접수처 옆에는 큰 폭포 그림이 그려진 족자가 있었고 〈아카츠키정〉이라는 이 여관의 이름이 달필로 적혀있었다. 그걸 멍하니 바라보고 있으니 시야에 사람의 형체가 들어와서 그쪽으로 시선이 갔다.

"〈아카츠키정〉에 잘 오셨습니다. 여주인인 미무라입니다."

차분한 목소리를 가진 묘령의 미녀가 직원을 데리고 마중을 나왔다.

"아사카 아가씨의 친구라고 들었습니다. 〈아카츠키정〉 종업원 일동, 성심성의껏 대접하겠습니다."

"아, 감사합니다. 신세 지겠습니다."

"신세 지겠습니다."

나와 미야는 나란히 인사했다. 현역 여고생 두 명과 아저씨가 여행을 와서 이상한 눈으로 보지 않을까 하는 불안함이 있었는데 괜찮을 것 같다.

"짐 맡겠습니다."

"부탁드립니다."

직원에게 짐을 맡기고 방으로 안내를 받았다.

전체적으로 낡았다는 인상을 받았는데, 결코 지저분하지 않고 오히려 엄숙하고 고상한 분위기가 감돌았다. 하코네 가도에서 휴식하는 영주님이 된 기분……?

우리 방은 떨어진 곳에 있다고 해서 정원을 통과하는 연결복도를 나아갔다. 빨갛게 물들기 시작한 나무도 드문드문 보였고, 약간 쌀쌀한 바람이 불었다.

"여긴 〈잔월실〉입니다."

안내받은 곳은 예상치 못한 2층 건물. 떨어져 있는 방이 아니라 아예 건물이었다.

"우와아, 굉장하다……."

미야는 눈을 휘둥그레 떴다.

외관은 속세를 떠난 승려가 사는 암자 같은 느낌이었지만, 내부는 리조트 느낌이 가득해서 물어보니 몇 년 전에 개장했다고 한다.

짐을 두고 여주인에게 설비에 관한 설명을 들었다. 침실과 개인 욕실이 2층에 있으며 저녁 식사는 1층의 큰 방에 가져다준다고 한다. 1층에는 1층과 바로 연결된 전세 노천탕이 있고 아시노호가 보인다고 한다.

"그럼 실례하겠습니다."

여주인과 직원이 방에서 나가서 우리는 겨우 숨을 내쉬었다.

"후우."

다다미 위에 앉았다. 역시 다다미가 있는 방은 진정되는군.

"유우 오빠, 맥주 있어요."

구석에 있는 냉장고를 여니 안에는 대량의 술과 주스가 있었다.

"룸서비스로 다른 술도 주문할 수 있어요."

"안 되지, 아침 일찍부터 술이라니……."

"온천 여관에 왔으니까 시간 같은 건 상관없어요. 신나게 노는 곳이니까요. 자, 하나만이라도."

"확실히 듣고 보니 그렇네."

여행을 왔으니 신나게 놀지 않으면 손해이지 않은가. 난 아사카한테서 맥주 하나를 받아서 꿀꺽 소리를 내며 마셨다.

"미야도 주스 있어. 어떤 거 마실래?"

"음~, 주스는 올 때 마셨으니까 안 단 걸로…… 커피— 아니, 차 있어?"

"있어. 자."

미야는 차를 받고 한숨 돌렸다.

'그렇지, 아사카. 아까 전에 해적선이' 라면서 미야가 방금 전에 본 아시노호의 관광선에 대한 이야기를 꺼냈다. 아직 시간은 오전 9시 45분.

넓은 툇마루에 있는 의자에 앉아 바깥을 보니 바람에 흔들리는 나무들이 사락사락 수런거리는 소리가 귀에 들렸다.

"미야, 타보고 싶어?"

"응."

"그럼 나중에 가자."

"응."

"그러고 보니 아사카는 언제 왔어."

내가 물었다.

"전 어젯밤에."

"어? 어제?" 라면서 미야는 눈을 휘둥그레 떴다.

"응. 이 방에서 하룻밤 자고 둘을 기다렸어."

"그랬구나. 혼자 있다고 술 같은 건 안 마셨겠지?"

"우후후, 그럴 리가 없잖아요. 그보다 유우 오빠, 이제부터 어떻게 할 거예요? 우선 목욕할래요?"

"너무 이르잖아. 목욕은 밤에 하고, 관광하러 가자."

그렇게 우리는 하코네 관광에 나서게 되었다.

내가 맥주를 마셔버려서 차를 운전할 수 없게 되어서 하코네 관광은 도보로 하게 되었다. 그렇다고 해도 아시노호 근처의 관광지는 도보로 충분히 갈 수 있는 거리라서 큰 문제는 없다.

우선은 아사카가 꼭 가고 싶다고 해서 쿠즈류 신사라는 신사에 가기로 했다. 나뭇잎 사이로 햇볕이 쏟아지는 고갯길을 걸었다. 퍼져서 걸으면 차량 통행에 방해가 되니 한 줄로 걸었다. 순서는 선두가 미야, 다음으로 나, 제일 뒤가 아사카다.

가을이라는 계절 특성상 바람이 차가웠지만 알코올이 들어가서 오히려 기분 좋았다. 왼쪽에 있는 나무들 사이로 아시노호가 보였다.

"그러고 보니 하코네는 처음 와봤는데 텔레비전에서 보던 온천 마을 같은 분위기가 아니네."

내가 누구에게랄 것도 없이 그렇게 말하자 아사카가 뒤에서,

"하코네 원천에서 조금 올라간 곳이 그런 분위기예요. 아시노호 주변은 온천 마을보다는 관광지로서의 분위기가 강하니까요."

"그랬구나."

아사카는 어릴 때부터 가족 여행으로 가끔씩 하코네에 온다고 한다. 역시 부잣집 아가씨다.

"유우 오빠는 온천 마을이 더 좋았어요?"

"어? 아니, 그런 건 아닌데."

"그렇네요, 온천 마을 쪽에는 아이를 얻을 수 있는 탕 같은 게 있는데."

아사카가 놀리듯이 말했다.

"야 야, 진짜 그런 거 아니거든?!"

"우후후."

"뭘 떠드는 거야?"

약간 앞에서 걷고 있던 미야가 뒤돌아봤다.

"아니, 아무것도 아니야."

얼버무리는 내 뒤에서 아사카가 속삭였다.

"참고로 지금 가고 있는 쿠즈류 신사에는 인연을 맺는 효험이 있대요."

"그, 그러냐."

"우후후후후."

어째서인지 식은땀이 내 등줄기를 타고 흘렀다.

*

여긴 하코네…… 가 아니라 시즈오카현 미시마시에 있는 어느 체육관.

"나이스~."

우리 키타고 여자 배구부의 하코네 합숙은 우선 시즈오카현 미시마시의 체육관에서 연습을 하고, 그 후에 하코네로 이동해 온천 여관에 숙박하는 일정으로 진행된다.

물론 이번 합숙은 예선을 앞두고 몸과 마음을 치유하고 쉬는 게 목적이라 연습을 진득하게 하는 건 아니다.

평소의 지옥 같은 연습량에 비하면 가볍게 땀을 흘리는 정도다.

"마히~, 선생님이 불러."

"응? 어어. 지금 갈게."

그 후, 우리는 정오까지 연습을 하고 미시마에서 점심을 먹고 하코네행 전세버스에 탔다.

차창으로 흘러가는 풍경을 바라보면서 유우히와 했던 작전 회의를 떠올렸다.

——며칠 전의 점심시간.

나와 유우히는 평소처럼 안뜰에서 만나 하코네에서 어떻게 움직여야 할지 최종적으로 확인했다.

"역시 중요한 건 마히루 선배가 좋아하는 남자, 이 사람에게 나쁜 인상을 주면 안 된다는 것이죠. 그 사람 입장에서 보면 하코네 여행은 자신이 받은 생일 선물의 일환인데, 거기에 치정 갈등 같은 질척질척한 일이 생기면 기분이 좋지 않을 거예요."

"그렇네."

"요약하면, 마히루 선배의 라이벌인 여자와 마히루 선배가 접촉하는 건 좋지 않다는 거예요."

"나도 아마 그쪽에서 만나면 서로 거북해질 테니까 그 점은 주의할게. 그보다 내가 하코네에서 합숙하는 걸 걔는 모를 건데 괜찮지 않을까."

"마히루 선배가 하코네에 있는 것을 라이벌은 모른다…… 그 점이 이쪽이 가진 최대의 이점이네요. 하지만 마히루 선배의 아이디어는 위험이 따르니까요. 충분히 주의해 주세요."

"응."

나에겐 이번 하코네 여행에 관한 계책이 하나 있었다. 뭐, 계책이라 할 정도로 복잡한 건 아니지만. 아사카가 유우 오빠를 차지하려고 획책한 이번 여행에서 내가 칠 수 있는 유일한 유효타. 문제는…….

"문제는 어떻게 라이벌 여자애를 피해서 마히루 선배가 좋아하는 사람과 접촉하느냐……."

"그게 문제란 말이지."

유우 오빠 일행이 묵는 숙소에 대해서는 하나요시 씨한테 슬쩍 물어봐서 장소는 알고 있다. 우리가 묵는 숙소와 그리 멀지 않다고 해야 할까, 오히려 가깝다. 우리도 아사카 일행도 아시노호 주변에 있는 온천 여관에 묵는다.

"제한 시간은 일이 시작되는 밤까지. 둘은 항상 같이 행동하고 있을 테고, 어떻게든 시간을 만들고 싶은데 이것만큼은 그때그때의 상황에 따라 다를 테고. 마히루 선배도 합숙에서 빠져나오는 건 어렵지 않아요?"

"일단 저녁 식사 후에는 자유 시간이야."

"그런가요."

"아, 그리고——."

난 그 여행은 단 둘이 가는 게 아니라 미야가 참가한다는 사실——미야의 이름은 말하지 않고——을 덧붙여 말했다.

"엣?! 남자 한 명에 여자 두 명이에요?"

"응."

"어? 에? 엣? 뭔가요 그 남자. 너무 인기 많은 것 아닌가요."

유우히는 표정이 어색해졌다.

"아니, 그 다른 한 명은 여동생 같은 느낌이니까 아마 그런 게 아닐 거야. 아마."

"……뭔가 유우히의 역량을 뛰어넘는 사태가 되기 시작했어요. 어? 어? 잠깐만. 마히루 선배랑 그 사람들 무슨 사이예요?"

유우히는 잡아먹을 듯이 물어봤다.

"처음부터 설명하면 길어지는데, 뭐, 간단하게 말하자면 나랑 라이벌인 애, 그리고 여행에 따라가는 애는 옛날부터 자주 같이 놀던 사이라는 느낌?"

"아~, 어렸을 때는 남녀 상관없이 사이좋게 지냈는데 커서 연적이 됐다는 패턴인가요. 아~, 예예. 제일 어지러워지는 상황이네요. 어렸을 때부터 사이가 좋았으면 같이 여행을 가는 것도 이해가 되…… 나? 으~음."

유우히는 멋대로 납득하기 시작했다.

미야는 아마도 유우 오빠를 평범하게 오빠로 대하고 있을 뿐이라 생각하는데……?

올해 3월에 유우 오빠와 10년 만에 재회했을 때부터 옆에서 미야의 모습을 봐왔지만, 아사카처럼 접근하는 모습은 본 적이 없고 미야한테 그런 이야기를 들은 적도 없다.

좋든 나쁘든 유우 오빠와 미야의 관계는 10년 전 그대로다.

뭐, 속마음은 어떤지 모르지만. 미야가 예전의 나처럼 관계를 깨고 싶지 않아서 마음을 드러내고 싶지 않다고 생각하고 있을 가능성도 있다.

설령 미야가 유우 오빠를 좋아한다 하더라도 내가 할 일은 변하지 않는다. 마지막에 내가 선택받을 수 있도록 어필할 뿐.

"참고로 이건 그다지 상관없는 이야기인데, 유우히의 친척 오빠도 같은 일정으로 하코네에 여행하러 간대요."

"흐음. 그렇구나."

"하코네는 역시 인기 많네요."

"그치."

다가오는 하코네 합숙.

아사카를 제치고 유우 오빠와 접촉한다.

이건 상당히 어려운 미션이다.

4

쿠즈류 신사에서 참배를 마치고 우리는 다음 목적지로 향하기로 했다.

"대단했어, 호수 안에 토리이가 있어서."

미야는 기분이 좋아졌는지 통통 뛰면서(아주 서투름) 갔다.

그때,

"와왓, 웃찻차."

미야가 발을 헛디뎌서 뒤로 넘어질 뻔했다. 바로 뒤에서 걷고 있던 내가 미야의 어깨를 잡아 받쳐줬다.

"위험해."

"고마워, 유우 오빠."

"미끄러질만한 건 없는데."

이 녀석의 둔한 운동 신경은 어떻게 된 걸까.

"에헤헤."

"후후, 미야는 정말 덜렁이야."

아사카도 웃었다.

"그치만 즐거운걸."

미야는 아이처럼 천진난만하게 웃는 얼굴을 보였다.

방금 찾아간 쿠즈류 신사는 아시노호 호반에 있었고, 그 호수 안에 토리이가 있었다. 우리 외에도 참배하러 온 관광객이 있었는데, 전부 커플로 보이는 2인조였던 건 정말…….

"다음엔 어디 갈 거야?"

미야의 질문을 받고 아사카가 대답했다.

"다음은 하코네 신사이려나."

"해적선은 언제 탈 거야?"

"음, 그건 내일 타도 될까? 미야."

"어? 응."

"오늘 돌아볼 곳은 정해버려서."

아사카가 미안하다는 듯이 말하자 미야는 옆에 나란히 서서 손을 잡았다.

"같이 있으면 어디에 있든 즐거우니까 괜찮아."

아시노호 옆의 고갯길을 한동안 걸어가니 왼편에 하코네 신사로 이어지는 길이 나타났다.

*

"마히~ 마히~."

"응?"

"마히~, 도착했어."

"아아, 응."

"뭐야, 멍하니."

"아니, 생각 좀 하느라."

"알았다. 저녁밥 뭐 나올지 생각하고 있었지?"

"아니거든."

카오리를 따라서 버스에서 내렸다.

"좀 춥네."

"그렇네."

계절 때문인지, 아니면 표고가 높아서 그런 건지 눈앞에 있는 아시노호를 건너오는 바람은 차가웠다. 버스 안은 난방이 적절하게 돼있어서 그런지 더더욱 춥게 느껴졌다.

"오오, 저 해적선 뭐야."

"대~박."

"타고 싶다~."

후배들은 완전히 관광 기분이다. 뭐, 합숙 연습은 끝났으니 할 일은 관광밖에 없지만.

"자 자, 다들 먼저 숙소에 가자."

고문 선생님이 모두를 모았다.

유우 오빠 일행도 지금 이곳 하코네에 있다. 딱 마주치지 않도록 주의해야 한다. 아사카에게 들키지 않고 유우 오빠와 접촉한다. 그리고…….

"안 질 거야, 아사카."

"마히~, 뭐라고 했어?"

"아무것도 아니야. 자, 가자."

*

하코네 신사에서 참배를 끝낸 우리는 점심을 먹기 위해 아시노호 호반에 있는 레스토랑을 방문했다.

"하아, 드디어 도착했다……."

10시 전에 〈아카츠키정〉에서 출발한 이후, 쿠즈류 신사, 하코네 신사를 들렀다. 계속 걸어 다녀서 상당히 지쳤지만 그만큼 하코네의 공기를 만끽할 수 있었던 건 좋은 일이다.

"예약한 겐도지입니다."

주말, 그것도 관광지의 점심시간이기도 해서 혼잡했지만, 아사카는 사전에 자리를 예약해준 듯했다.

"여기입니다."

아시노호의 경관을 즐길 수 있는 창가 1등석으로 안내를 받았다.

"배고파~"라고 하는 미야.

우린 테이블에 앉았다.
“다음엔 어디 갈 거야?”
미야가 메뉴판을 펼치면서 물었다.
“밥 먹으면 오오와쿠다니라는 곳에 갈 예정이야.”
“오오와쿠다니?”
“검은 달걀이 있는 곳인가.”
“유우 오빠, 그게 뭐야.”
“먹으면 수명이 늘어난다는 소문이 있는 삶은 달걀이야.”
“에에, 그게 뭐야, 대박! 그래서 그 오오와쿠다니는 어디 있어?”
“분명 하코네산 북쪽 방면이었을 거야.”
“에엥! 산? 설마 이번엔 산에 가는 거야?”
“안심해 미야. 여기서부터는 택시를 대절해뒀으니까. 아무리 그래도 하코네산을 걷는 건 시간이 너무 걸리니까.”
“휴우.”
“그리고 돌아갈 때는 케이블카를 탈 수 있어.”
“케이블카?”
아까부터 미야는 깜짝 놀라기만 해서 반응이 재밌다. 자, 뭘 먹을까. 걷느라 지쳤으니 든든한 걸 먹고 싶은 기분이다.
“그러고 보니 마히루도 슬슬 도착하려나.”
미야가 누구에게랄 것도 없이 말했다.
“……마히루?”
아사카가 바로 반응했다.
“마히루도 이번 주 주말엔 하코네에서 합숙한대. 아, 이 해산물 밥상 맛있겠다!"

"흐음…… 그렇구나."

건방진 꼬맹이와 크리스마스이브

1

하얀 숨이 혼잡한 길에 흩어져 갔다. 여기저기에 커플이 행복한 듯이 서로 몸을 맞대고 있는 모습이 눈에 들어왔다. 오늘은 크리스마스이브인 월요일.

"하아."

다시 숨을 내쉬었다.

여자 친구가 없는 기간이 곧 나이인 나에겐 크리스마스라는 이벤트는 지옥에 불과하다. 평소엔 여자 친구가 없는 것을 그렇게 신경 쓰지 않지만, 이렇게나 똑똑히 '있고 없음'의 차이를 보게 되면 왠지 자신이 굉장히 작은 존재로 느껴지고 만다.

예쁜 여자 친구와 함께 행복한 이브를 보내는 자와 그렇지 않은 자.

그 차이를 똑똑히 들이대다니, 이 얼마나 잔혹한 이벤트인가. 어렸을 때는 어머니와 같이 크리스마스트리를 장식하고, 산타 할아버지에게 선물을 받고, 가족이 다 같이 케이크와 맛있는 음식을 먹는 1년 중 가장 기대되는 이벤트였을 텐데…….

오늘은 건방진 꼬맹이들도 각자의 가족과 보낼 예정인 듯해서 방에 혼자 있는 것도 재미없으니 산책하러 나와 봤는데, 뭐랄까, 더더욱 비참한 기분이었다.

하지만 일단은 볼일이 없는 건 아니다. 오늘 밤에는 반 친구 녀석들과 크리스마스 모임이 있어서 크리스마스 외톨이인 건 아니다.

“오, 아리츠키.”

“아, 카게야마.”

같은 농구부에서 청춘을 함께 보낸 친구 카게야마 하루키와 딱 마주쳤다.

“아리츠키 선배, 안녕하세요~.”

게다가 녀석의 옆에는 학교의 아이돌, 하나야마 코하루가.

두 사람은 팔짱을 끼고 목에는 커다란 목도리를 두르고 있었다. 그것도 둘이서 하나의 목도리를. 둘 다 갈색 머리카락에 키도 비슷해서 이렇게 보니 뭔가 커플이라기보다는 남매처럼 보이네. 그렇게 느끼는 건 내가 여자 친구가 없는 쓸쓸한 남자라서 그런 건가?

이야기를 들어보니, 지금부터 둘이서 크리스마스 파티에 쓸 물건을 사러 간다고 한다.

“아리츠키는 반 모임에 가던가?”

“어, 어어.”

“좋네, 재밌겠어.”

“으음, 하루키 선배, 저랑 같이 있는 게 무조건 재밌다니까요.”

하나야마 코하루가 카게야마에게 얼굴을 가까이 댔다. 그러자 카게야마는 약간 곤란한 듯이 말했다.

"아, 응. 그렇네."

"맞아요. 저처럼 아이돌보다 예쁜 여자애랑 같이 크리스마스 이브를 보낼 수 있는 행복보다 나은 건 없어요."

그 후, 몇 분 동안 카게야마와 하나야마 코하루의 염장질을 보게 되었다.

*

저녁이 되어서 반의 크리스마스 모임에 합류했다. 장소는 패밀리 레스토랑. 혼잡한 가게 안은 물론 크리스마스이브를 즐기는 가족 단위 손님과 젊은 커플뿐이었다.

"어? 타나카랑 나카타 사귀고 있었어?"

"조합이 너무 의외인데."

"휘~ 휘~."

이번 반 모임에 온 사람의 절반 이상이 남자 친구나 여자 친구가 있었고, 연인을 데려오는 녀석도 있었다. 그리고 사실은 반 친구들에게는 비밀로 하고 사귀고 있던 커플도 있기도 해서 솔로는 더더욱 주눅 들었다.

'어? 유키, 남자 친구랑 헤어졌어?'라고 말하는 시모무라 히카리의 큰 목소리가 들려왔다.

건너편에 있는 여자 그룹 테이블이 소란스러워졌다. 새어 나온 이야기를 들어보니, 유키라고 불리는 카자하나 유키노가 오랫동안 사귄 남자 친구와 헤어진 모양이다.

유키노와는 1학년 때 같은 반이었는데, 분명 입학하자마자 축구부 녀석이랑 사귀기 시작한 걸로 기억하고 있다. 2년 반 이상이나 사귀었음에도 불구하고 크리스마스이브 직전에 파국에 이르고 말다니…… 가엾다.

하지만 당사자인 유키노는 그렇게 슬픔에 잠긴 것 같지 않았고, 오히려 후련한 얼굴을 하고 있었다. 주위를 둘러싼 여자들이 충격을 받은 것처럼 보이기도 했다.

패밀리 레스토랑에서 식사를 한 후에는 노래방으로. 유행하는 아이돌 노래를 듀엣으로 선보이는 커플도 있는가 하면 애니송으로 자신의 길을 가는 자도 있었다. 난 평소대로 범○나 삼○마스터 등의 곡을 중심으로 불렀다.

허물없이 지내는 반 친구들과 즐기는 노래방은 즐거울 텐데, 내 마음은 어딘가 다른 곳에 가있었다.

2

하루야마가에서――.

“촛불은~?”

“있잖아, 미야. 크리스마스 케이크에는 촛불은 필요 없다니깐.”

타이치가 홀케이크를 식칼로 자르면서 말했다.

“후~ 하고 싶었는데~. 아, 난 저 산타가 있는 부분이 좋아.”

“알았어 알았어.”

타이치는 설탕 공예로 만든 산타클로스가 올라간 부분을 잘라서 미야의 접시에 놓았다. 3인분이 나눠지자 미야는 눈을 반짝였다.

“이제 먹어도 돼?”

“좋아”라고 하는 미쿠.

“암. 맛있어~!”

케이크를 입에 한가득 넣고 먹는 미야.

꼬맹이들은 각자의 가족과 크리스마스이브를 보내고 있었다.

류샤쿠가에서는――.

“엄마, 그라랑 다른 애들한테도 케이크 줘도 돼?”

류샤쿠가에서 기르는 세 마리의 파피용, 그라, 카이, 렉은 맛있는 음식의 냄새에 들떠서 바닥을 뛰어다니고 있었다.

“아, 그 케이크는 안 돼. 강아지들한테는 강아지용 케이크가 있으니까 그걸 가져올게.”

“하하하, 마히루. 앉아서 먹으렴.”

마히루의 아버지, 류샤쿠 이치로가 말했다.

“네~.”

마히루는 다시 소파에 앉아서 케이크를 먹었다.

“나 오늘은 산타 할아버지가 올 때까지 깨있을 거야.”

“마히루. 산타 할아버지는 안 자는 아이가 있는 곳에는 안 온다~.”

“에~? 그래?”

“그렇단다. 잘 자는 착한 아이가 아니면 산타 할아버지는 선물을 안 줘요. 그리고 내일은 학교에 가잖아?”

"……으음."

산타의 존재가 신경 쓰이지만 선물은 받고 싶은 마히루였다.

겐도지가에서도——.

"어머니, 산타 할아버지는 언제 오나요?"

안절부절못하며 시계를 보는 아사카를 본 아이카는 살짝 난처한 표정을 지었다.

"아사카가 잘 때 와."

"그래. 산타 할아버지는 아이가 자고 있을 때 집에 와서 들키지 않도록 선물을 살짝 두고 간단다."

하나요시도 옆에서 말했다.

"그럼 어머니와 아버지는 산타 할아버지 본 적 있어요?"

"어, 그러니까, 엄마도 본 적이 없으니까 분명 아주 늦은 시간에 올 거야."

"어른이 자는 시간에 집에 들어올 수 있다니, 산타 할아버지 대단해요."

"그, 그래 아사카. 언니들의 선물도 맡아뒀다."

"정말요?"

"잠깐 기다리거라."

아사카가 산타의 진실에 거의 다가갔기에, 하나요시는 화제의 궤도 수정에 착수했다.

"와아, 인형이다."

하나요시는 아사카의 키만큼 큰 곰 인형을 안고 돌아왔다.

"다음에 쿄우카 언니랑 토우카 언니한테 고맙다고 전화하자."

"네."

크리스마스이브의 밤.

건방진 꼬맹이들은 각자의 가족과 함께 행복한 시간을 보냈다.

3

"그럼 해산하는 걸로."

"웨~이."

"웨~이."

"웨~이."

오후 9시를 넘긴 시간.

반 모임은 해산했고, 노래방에서 각자 귀로에 올랐다. 집이 같은 방향에 있는 사람들끼리 모여서 걸어갔는데, 커플은 이후에도 볼일이 있는지 따로 돌아갔다. 나도 집에 가자. 따뜻한 가게 안과는 전혀 다르게 얼어붙을 것 같은 추위가 몸을 감쌌다.

"그럼 난 여기로 가니까."

"수고~."

걸어갈수록 점점 사람이 줄어들었다. 정신을 차리고 보니 남아있는 사람은 나와 카자하나 유키노 두 사람뿐.

"그러고 보니 카자하나네 집은 이쪽이야?"

"……."

유키노는 내 대각선 뒤에서 걷고 있었다. 그녀와는 반에서 얼굴을 맞대기는 해도 특별히 사이가 좋은 것도 아니었고 대화를 나누는 일은 그다지 없었다.

따라서, 어색하다…….

분명 그녀도 그렇게 느끼고 있을 것이다. 차라리 헤어지는 척을 하면서 다른 길로 갈까?

그런 생각을 하고 있으니,

"있잖아, 아리츠키. 지금 여자 친구 있어?"

갑자기 유키노가 물었다.

"어? 아니, 없는데."

그렇게 말한 것과 거의 동시에 내 오른손에 뭔가 닿았다. 보니까 유키노의 왼손이 내 손을 잡고 있었다.

"카자하나?"

"그럼, 난 어때?"

"……뭐?"

바깥 공기에 차가워진 손에 유키노의 체온이 스며들었다. 너무 갑작스럽게 일어난 일에 사고가 정지되어 있었다가, 상황을 이해할 여유가 생기자마자 몸이 뜨거워졌다.

"아니, 왜 그래? 갑자기."

"남자 친구랑 헤어진 이야기, 아까 애들한테 말했잖아. 아리츠키도 프리한 것 같은데, 남은 사람들끼리 서로 위로할까?"

"예?"

지금까지 대화한 적도 별로 없는데 갑자기 무슨.

"아리츠키. 나랑 사귀어보지 않을래? 우선은 시험 삼아서 해보는 건, 어떨까."

촉촉한 눈으로 날 올려다보는 유키노. 웨이브가 들어간 긴 금발에 눈처럼 하얀 피부. 코트를 껴입어도 알 수 있을 정도로 부푼 흉부 장갑.

"아니, 그래도 그렇게 금방 사귀면 카자하나의 전 남자 친구한테 미안하다고 해야 할까——."

"괜찮아. 남자 친구랑 헤어진 건 최근이 아니라 사실은 두 달 가까이 전이야."

"어? 그래?"

"그러니까 딱히 말썽 같은 건 안 일어날 거고, 전부터 아리츠키는 괜찮다고 생각하고 있었고."

유키노는 내 손을 양손으로 감싸며 말했다.

"나로는, 안 돼……?"

*

"어머, 어서 오렴 유우."

"어어."

나는 집에 돌아왔다.

"케이크 있어."

"아~, 추우니까 먼저 목욕하고 올게."

뜨거운 물에 몸을 담그자 방금 전에 카자하나 유키노와 있었던 일이 뇌리에 되살아났다. 결국 그녀의 고백을 받아들이지 못했다. 뭐랄까, 지금의 자신을 객관적으로 보면 자신의 작은 도량에 질려버린다. 아니, 유치함에 질리는 건가?

헤어질 때 유키노는 나에게 물었다.

'아리츠키는 왜 여자 친구 안 만들어?'

안 만든다, 라.

이 고집은 대체 언제부터 시작된 걸까. 내 연애관에서 절대로 양보할 수 없는 원칙. 아무리 유치하다고 여겨져도, 도량이 작다고 욕을 먹어도, 나는 이것만큼은 양보할 수 없었다.

이 감정은 초등학생 때 처음으로 놀러 간 친구네 집에서 그 게임을 발견했을 때 시작된 걸까……? 아니, 더 이전에도 같은 감정을 느낀 적이 있어. 이제 이름과 얼굴도 만족스럽게 기억해낼 수 없지만, 분명 그건…….

"하아."

유일하게 위안이 된 건 유키노 본인이 고백을 거절당했음에도 비통한 표정은 보이지 않고 어이없어한 것이다. 크리스마스이브를 혼자 보내는 건 쓸쓸해서 그렇다고 말했으니, 그녀는 내가 아니더라도 괜찮을 것이다.

목욕을 끝내고 가게 쪽으로 돌아갔다. 아버지는 카운터 안쪽, 어머니는 그 바로 앞의 카운터석에서 마주보는 상태로 케이크와 커피를 즐기고 있었다. 나도 어머니 옆에 앉았다.

"유우, 네 몫도 있어."

쇼트케이크를 받았다. 딸기를 포크로 찍어 크림과 함께 입에 넣었다. 그리고 커피를 한 입.

"써."

평소보다 커피가 쓰게 느껴지는 건 달콤한 케이크와 같이 먹었기 때문일 것이다.

건방진 꼬맹이 아이돌 콘서트

1

12월 25일.

크리스마스 당일이지만 어제가 대체 휴일이었던 관계로 초등학교는 오늘이 2학기 마지막 등교일, 즉, 종업식이다. 그리고 종업식을 마친 아이들은 각자의 반에서 종업 파티를 즐긴다.

"——네, 마술쇼 대단했죠. 다들 박수!"

담임 선생님이 말하자 박수 소리가 교실 안을 채웠다.

책상과 의자를 뒤로 치워서 생긴 빈 공간에 무릎을 안고 앉은 아이들. 평소에는 반입이 금지된 과자와 주스를 먹으면서 반 친구들의 공연을 보거나 다 같이 놀거나 한다.

"그럼 다음 프로그램은 세리자와, 사노, 후지노의 초절정 폭소 슈퍼 개그 라이브입니다."

세 사람이 앞에 서자 환호성이 터져 나왔다. 반 최고의 까불이인 세리자와는 큰 소리로 말했다.

"쇼트 콩트, 소지품 검사."

그러자 사노, 후지노가 오른편으로 이동했다.

"이런, 지각이다 지각~."

"서둘러~."

세리자와가 왼편으로 이동해 팔짱을 꼈다.

"자~, 오늘은 소지품 검사를 할 거다~."

아무래도 세리자와가 교사, 그리고 나머지 두 사람이 지각할 것 같은 학생이라는 설정인 것 같다.

"가방 안에 든 거 확인할 거다~. 순서대로 보여줘라~."

"큰일이야. 서두르고 있는데 갑자기 소지품 검사를 한대."

"빨리 안 가면 지각할 거야."

"이런. 난 오늘 이걸 가져왔단 말이야."

그렇게 말하면서 횡단백에서 만화 잡지를 꺼내는 사노. 여기서 약간 웃음이 일었다.

"어떡하지, 빨리 안 가면 지각인데…… 그렇지."

사노는 후지노의 옷 속에 만화 잡지를 넣었다. 대폭소가 터졌다.

"아니, 야야야야 이러면 들킨다고."

"괜찮아 괜찮아. 그리고 나 이것도 들고 왔다고."

사노는 다시 가방에 손을 넣었다. 나온 것은 과자였다. 그것도 후지노의 옷 속에 숨겼다. 이렇게 사노의 가방 속에서 교칙을 위반하는 물건이 계속해서 나오고, 그 물건을 후지노의 옷 속에 숨기는 콩트인 것 같다.

내용 자체의 재미는 차치하더라도 솔직히 세리자와 일행의 콩트의 완성도는 빈말로도 좋다고는 할 수 없었다.

개그라는 것은 아무튼 '타이밍'이 중요하다. 관객에게 개그의 시스템을 이해시키고 웃길 타이밍에 의미가 침투될 때까지 적절한 시간을 기다릴 수 있는가, 그리고 타이밍을 놓치지 않고 바로 딴지를 걸 수 있는가.

똑똑히 말해서 지금 세리자와 일행은 그저 대본대로 개그를 처리하고 있을 뿐이다. 가끔 말을 더듬기도 했고 내용을 잊어버릴 뻔하기도 했다. 어른이 보면 뭐가 웃긴 건지 전혀 모를 텐데, 실제로 담임 선생님도 배려해줘서 어떻게든 웃는 얼굴을 유지하고 있지만 마음속으로는 쓴웃음을 짓고 있었다.

하지만 아이는 친구가 눈에 띄는 곳에서 이상한 짓을 하기만 해도 웃어버리는 존재. 극단적인 예를 들면 복도를 달리면서 '응ㅇ, 꼬ㅇ'라고 외치기만 해도 큰 웃음이 터진다.

다시 말해서 세리자와 일행의 서투른 콩트는 대폭소를 일으켰다.

*

"네, 개그 라이브, 재, 재밌었죠~."

예상 밖의 반응에 선생님은 마음속에서 '?'를 지울 수 없었지만 아이들이 재밌게 보고 있다면 좋다고 생각했다. 세리자와도 잘됐다는 느낌을 받았는지 몰래 주먹을 쥐고 있었다.

"그럼 다음 순서로 마침내 마지막 공연입니다. 미야, 마히루, 아사카의 아이돌 콘서트, 나와주세요~!"

어디선가 노래가 나오기 시작했고, 복도에서 대기하고 있던 꼬맹이 셋이 교실에 뛰어들었다. 일동은 아이돌 의상을 입은 세 사람에게 시선을 빼앗겼다.

"대단하다~."

"이거 '신데렐라' 노래야."

"예쁘다."

"나 '신데렐라' 좋아해."

여자를 중심으로 환호성이 터졌다.

미야를 센터로 하여 노래하고 춤추는 꼬맹이들. 미쿠가 준비한 아이돌 의상을 말끔하게 입었고, 레슨으로 갈고 닦은 춤은 호흡이 딱 맞았다.

시각과 청각으로 알기 쉽게 즐거움을 호소하는 꼬맹이들의 공연은 아이들의 마음을 사로잡았다.

처음엔 아이돌 같은 건 창피하다고 생각했던 남자들도 점점 분위기를 타기 시작했고, 코러스에 들어갈 무렵에는 교실의 열기는 최고조에 달했다.

반 전체가 일치단결하여 성원을 보내는 한편, 꼬맹이들의 심경 또한 신기하게 일치되어 있었다.

종업 파티 공연으로 아이돌을 고른 건 세리자와 일행의 콩트에 대한 대항심 때문이었다. 하지만 지금 꼬맹이들에겐 그들에 대한 대항 의식은 없다. 눈앞에 있는 관객을 즐겁게 하는 것, 자기들도 즐기는 것, 그게 전부이고 종업 파티의 의의인 것이다.

종업 파티는 즐기기 위해 있다.

아리츠키가 일깨워준 것을 다시금 실감했다. 자기들의 노래와 춤으로 반 친구들이 즐거워해주고 있으니까.

"미야 귀여워!"

"마히루 귀여워."

"아사카 귀여워!"

세 사람은 그게 무엇보다도 즐거웠다.

곡이 끝나자 떠나갈 듯한 환호성과 박수가 꼬맹이들의 몸을 두들겼다.

"대단하네, 이상, 미야, 마히루, 아사카의 아이돌 콘서트였습니다~."

셋은 해냈다는 달성감에 젖어 퇴장했다. 화장실에서 옷을 갈아입고 돌아오니 세리자와 일행이 교실 앞에서 기다리고 있었다.

"류, 류샤쿠!"

세리자와는 고개를 돌리고 분한 듯이 말했다.

"너희가, 박수, 더 많이 받았으니까…… 그——."

세리자와는 방금 전까지 승리를 확신하고 있었지만 꼬맹이들의 완성도 높은 아이돌 공연 앞에서 패배를 인정했다. 자기들의 공연보다 꼬맹이들의 아이돌 콘서트가 관객을 몇 배나 더 열광시킨 것을 봐버렸기 때문이다.

그리고 한창 건방질 때인 아이가 깨끗하게 자기들의 패배를 인정하는 것의 의미를 생각해보면, 세리자와도 그만큼 꼬맹이들의 아이돌 콘서트를 넋을 잃고 봤다는 것을 짐작할 수 있었다.

"종업 파티니까 즐겁게 하면 되잖아. 너희 콩트도 재밌었어."

마히루가 아무렇지도 않게 말하자 세리자와는 허를 찔린 것처럼 정색했다. 우쭐거리는 모습을 볼 것을 각오하고 있었기 때문이다.

"그치, 재밌었어."

"응."

미야와 아사카도 동조했다.

"종업 파티니까 즐겁게 하면 되잖아."

마히루는 다시 말했다.

"너, 너희 아이돌도……."

"뭐?"

세리자와는 얼굴을 새빨갛게 물들이고 외쳤다.

"아니, 아무것도 아니야. 3학기 종업 파티는 안 질 거야! 더 재밌는 걸 보여주마."

이렇게 콩트 VS 아이돌 이종격투기는 무승부로 막을 내렸다고 한다.

2

오후 2시를 넘은 시간.

방에서 한가롭게 쉬고 있으니 건방진 꼬맹이들이 찾아왔다. 우당탕탕 계단을 올라오는 소리가 왠지 그립게 느껴졌다.

"오오, 너희들. 오랜만이네."

"오랜만이라니, 그저께 봤잖아"라고 말하는 미야.

"그건 그렇지만."

나는 왠지 이 녀석들을 그리워하고 있었다. 딱히 이상한 의미가 아니다. 뭐랄까, 말로는 잘 표현할 수 없지만…….

"그러고 보니 종업 파티는 어땠어? 잘했어?"

"잘했어~."

"재밌었어."

"실수도 안 했어요."

그거 다행이다.

"유우 오빠, 왠지 기운 없네."

마히루가 내 얼굴을 들여다봤다.

"그런 거 아니야."

"역시 어른이라서 크리스마스 선물 못 받았나요?"

아사카가 불쌍하게 여기는 눈으로 날 봤다.

"아니, 그런 건 아닌데…… 뭐, 선물은 못 받았지만."

"그럴 줄 알았으니까 우리가 유우 오빠한테 크리스마스 선물을 줄게."

미야가 가슴을 펴고 말했다.

"선물?"

"우리가 기운 나게 해줄게."

마히루가 내 어깨를 톡톡 두드렸다.

"유우 오빠, 잠깐만 기다리고 있어."

이제 막 왔는데 미야는 복도로 나갔다. 마히루와 아사카도 뒤따랐다.

"뭐야 뭐야?"

몇 분 만에 돌아온 그녀들은 아이돌 의상을 입고 있었다.

"너희들, 그건."

그리고 테이블을 구석으로 옮겨서 공간을 만들더니 CD 라디오 카세트의 스위치를 눌렀다. 좁은 실내에 '신데렐라'의 곡이 흘러나오기 시작했다.

"유우 오빠만을 위한 특별 라이브예요"라고 말하는 아사카.

멜로디에 맞춰서 꼬맹이들이 춤추기 시작했다.

"너희들……."

특등석에서 관람하는 나만의 아이돌 라이브.

세 사람의 발랄한 하모니가 감상적인 내 마음에 스며들었다.

1

마히루가 하코네에 와있어……?

식은땀을 조금 흘렸지만 잘 생각해보니 아무 문제 없다. 미야의 이야기로는 마히루가 하코네에 와있는 이유는 배구부 합숙 때문이라고 한다.

아무리 마히루가 부장이라 해도 합숙지를 마히루 혼자만의 생각으로 정할 수 있을 리가 없다. 하코네라는 장소가 겹친 건 단순한 우연이다.

그래, 단순한 우연.

당연히 마히루는 배구부 부원들과 같은 숙소에서 묵을 것이고, 행동도 부원들과 같이 할 것이다. 설령 자유롭게 행동할 수 있는 시간이 있고, 이곳 하코네에서 우리와 접촉한다 하더라도 마히루가 뭘 할 수 있지?

미야나 내 눈이 있는 곳에서 유우 오빠에게 뭔가 할 수 있을 것 같진 않다.

할 수 있는 것이라면 자기도 하코네에 있다는 것을 나에게 알려 내가 대담한 행동을 못하게 견제하는 것인데, 지금으로서는 그건 생각할 수 없다.

마히루가 하코네에 있다는 걸 내가 알게 된 건 지금 막 미야가 우연히 그 이야기를 꺼냈기 때문이다.

하지만 이는 반대로 말하면 마히루는 나에게 하코네 합숙에 대해서는 아무 말도 하지 않았다는 것――. 즉, 숨기고 싶어 한 것으로 볼 수 있지 않을까.

내 눈을 피해서 뭔가 대책을 강구하고 있을 가능성도 있다.

뭐, 나 몰래 하코네에 온 마히루가 뭔가 하려고 해도 소용없는 짓이지만.

내가 유우 오빠를 차지하는 때는 밤.

만약 마히루가 우리와 합류해 같이 하코네 관광을 한다 해도, 정답게 신나게 즐길 밤 시간이 되면 마히루는 배구부 숙소에 돌아가야만 한다.

부활동의 일환으로 하코네에 와있는 이상, 마히루 혼자만 다른 숙소에 묵는 게 가능할 리가 없다.

묵는 숙소가 다르니까 쇼난 여행 때처럼 이때다 싶은 타이밍에 방해하는 건 불가능하다.

그래, 아무 문제 없다.

과한 걱정일 것이다.

아무리 마히루라도 이번 여행에서 조치를 취할 수 있을 리가 없다.

이번 여행은 내가 유우 오빠 곁에 항상 있으니 마히루가 뭔가 수를 쓰려고 해도 의미 없다.

아쉽게 됐어, 마히루.

내가 경계해야 하는 건 미야의 순진함뿐이야.

미야의 순진함은 예측의 여지가 없고, 상당히 위험한 짓을 갑자기 저지른다. 지금 막 마히루가 하코네에 와있다는 것을 무심코 말한 것도 관점을 바꿔서 보면 미야가 순진해서 말한 것이라 생각할 수 있지 않을까.

아니, 그렇게까지 깊이 생각하는 건 너무 과하게 경계하는 건가……?

아무튼 이번 여행에서 주의해야 하는 건 미야다. 밤이 되어서 유우 오빠와 정답게 즐기려고 할 때 미야가 순진함을 발동하면 곤란하다.

하지만 성가시게도 이 순진함에는 대책을 세울 방법이 없다. 그래서 발상을 바꿔서 근원을 억제하기로 했다. 미야를 억제할 준비는 이미 시작됐다.

실로 단순하다.

미야는 활발한 면이 있지만 체력이나 운동 신경이 좋지는 않다.

즉, 하코네 관광을 도보로 잔뜩 즐기게 해서 그녀의 체력을 줄여나가면 된다.

관광을 끝내고 〈아카츠키정〉에 돌아갈 무렵에는 미야는 녹초가 되어 있을 것이다. 그때 맛있는 식사를 하고 노천탕에 들어가면 그녀는 일찍부터 꾸벅꾸벅 졸기 시작하겠지. 그리고 밤도 깊어져서 나와 유우 오빠가 하나가 될 무렵엔 미야는 새근새근 꿈속…….

재워버리면 순진함 같은 건 발동할 리가 없다.

아버지가 세 명 분의 숙박권을 준비했다는 걸 알았을 때는 어떻게 되나 싶었지만 이젠 아무 문제 없다.

만일을 위해 마히루에게 견제만 해둘까.

난 라인을 켜서 메시지를 보냈다.

'마히루도 하코네에서 합숙하는구나. 열심히 해.'

이로써 마히루가 하코네에 와있다는 것을 내가 알고 있다는 사실이 마히루에게도 전해졌다.

이기는 건 나야.

"후후후."

"아사카? 왜 그래?"

"아무것도 아니야."

점심을 다 먹은 우린 다시 관광을 재개했다.

"그럼 슬슬 갈까요."

그리고 우리는 이어서 하코네 관광을 즐겼다.

그 동안 내 눈이 닿는 범위 안에서 마히루가 우리 앞에 나타나는 일은 없었고, 아무 일도 일어나지 않은 채로 우리는 무사히 〈아카츠키정〉으로 돌아왔다.

*

"후~, 드디어 도착했어~."

미야는 로비의 의자에 앉아 숨을 크게 내쉬었다.

"재밌었지만 지쳤어."

오후 4시 반을 넘은 시간.

관광을 끝낸 우리는 겨우 〈아카츠키정〉에 돌아왔다.

"미야, 지쳤구나."

내내 도보로 하코네를 걸어 다녀서, 체력이 없는 미야는 이미 녹초가 된 듯했다.

"응. 뭔가 벌써 졸리기 시작했을지도."

"후훗, 아직 즐길 거리가 남아있어."

"어서 오십시오."

여주인인 미무라가 우리가 온 것을 알아차렸는지 이쪽으로 왔다.

"식사는 몇 시쯤에?"

"6시 넘어서 부탁드릴게요"라고 아사카가 대답했다.

"알겠습니다."

그렇다. 이후에는 온천에 식사. 온천 여행의 즐길 거리는 아직 더 있다.

"그럼 방으로 돌아갈까요."

"자, 가자, 미야."

의자 위에 녹아있는 미야를 회수했다.

"훼~이."

아사카의 안내를 받아 우리는 〈잔월실〉로 돌아갔다.

"식사하기 전에 목욕을 하죠."

"분명 2층이 개인 욕실이고 1층이 노천탕이었지."

"네. 어디서 목욕할 거예요?"

"그러게. 역시 노천탕이 좋겠지. 너희 먼저 들어가도 돼."

"?"

아사카는 이상하다는 듯이 고개를 갸웃했다.

"유우 오빠. 목욕탕은 대절인데요?"

"그게 왜?"

"같이 안 들어가요?"

"드, 들어갈 리가 없잖아!"

"무슨 소릴 하는 거야 아사카."

미야도 지적했다.

"그야 우리 사이니까요. 수건을 두르면 되잖아요. 모처럼 온 온천 여행이고."

"당연히 안 되지. 자, 가자."

"아으."

아사카는 미야에게 손을 잡아끌려 노천탕 쪽으로 연행되었다.

"나 참."

미야가 같이 있어서 살았네.

혼자가 된 나는 소파에 앉았다. 별생각 없이 스마트폰을 보니 마히루한테서 라인이 와있었다.

'유우 오빠, 오늘 만날 수 있어?'

난 답장했다.

'너, 합숙이잖아.'

'이제 자유 시간이 됐으니까.'

자유 시간이라고는 해도 이쪽 숙소에는 합류할 수 없을 것이다. 어떻게 답장할지 고민하고 있으니 추가로 메시지가 왔다.

'지금이 아니더라도 괜찮아. 유우 오빠가 혼자 있을 때면 돼.'

일단은 혼자 있지만, 미야랑 아사카가 나오면 바로 노천탕에 들어가야 한다.

'중요한 볼일이 있으니까.'

'뭐야.'

'지금은 비밀.'

대체 무슨 일일까.

'혼자 있을 수 있을 것 같은 시간이 있으면 라인해줘. 그쪽으로 갈 테니까.'

'알았어.'

'그리고 아사카한테는 비밀이야.'

왜 아사카의 이름이 나오는지 잠시 의문스럽게 생각했는데, 마히루가 나에게 호감을 가지고 있다는 건 지금으로서는 나밖에 모른다. 미야와 아사카에게 들키지 않도록 해달라는 뜻일까.

아사카도 나에게 호감을 가지고 있는 현 상황에 마히루와 아사카가 서로의 마음을 알게 되는 상황은 나도 굉장히 좋지 않다고 생각한다.

아무리 그래도 아수라장이라 할 정도로 분위기가 험악해지지는 않을 거라 생각하지만, 그래도 분명 관계에 안 좋은 영향이 있을 것이라는 느낌이 들었다.

'알았어'라고 메시지를 보내고 대화는 끝났다.

무슨 일인지는 모르겠지만 아사카나 미야의 눈을 피해서 마히루와 만나는 건 어려울 것 같은 느낌이 드네. 이제 목욕을 하고 밥을 먹고 느긋하게 시간을 보낸 다음에는 자기만 하면 되니까…….

"……아무리 그래도, 아니겠지."

내 뇌리에 쇼난의 밤에 있었던 일이 되살아났다.

아사카가 나를 덮친 그 충격적인 밤이.

"……."

남녀의 온천 여행.

한 지붕 아래.

조건은 갖춰져 있다.

"아니…… 겠지?"

아니, 이번엔 미야도 있다. 아사카도 그렇게 대담한 행동은 못 할 것 같다. 하지만 아사카인데. 경계를 해두는 게 최선이겠지. 미야가 같이 있는 여행에서 아사카를 건드리면 그야말로 아수라장은 피할 수 없다…….

난 양 볼을 팡 쳐서 기합을 넣었다.

아사카의 유혹에는 절대로 안 져.

아무 일도 없이 무사평온하게 하코네에서 돌아가는 거다!

*

"기분 좋다."

"그치."

나와 미야는 서로 씻겨준 후에 나란히 온천에 몸을 담그고 있었다.

"오늘은 많이 걸어서 그 피로가 녹아내려가."

"미야, 신나게 돌아다녔으니까."

"그야 모처럼 여행을 왔으니까. 그건 그렇고 그렇게 걸은 건 오랜만이야."

"후후, 고생했어."

"왠지 벌써 졸리기 시작했어. 흐아암."

"목욕하고 나면 저녁 먹어야 하니까 잘 거면 그 뒤에 자."

"응."

느긋하게 온천에 몸을 담그고 절경을 바라봤다. 저녁놀이 진 하늘을 구름이 흘러갔다. 빨갛게 물든 아시노호의 호반이 아름답다. 치유되는 시간일 텐데 왠지 마음이 술렁였다.

미야는 곧 함락될 것이다.

모든 것은 순조롭게 진행되고 있을 것이다.

아무것도 걱정할 필요 없다.

그런데 이렇게 가슴이 술렁이는 건 대체……?

2

오전 5시 반 무렵.

"유우 오빠, 기다렸죠."

유카타를 입은 미야와 아사카가 노천탕에서 돌아왔다. 둘 다 머리카락이 젖어있었고, 목욕을 마치고 나와 달아오른 피부가 묘하게 요염했다.

"어, 어어."

미야가 냉장고에서 목욕을 마치고 마실 주스를 물색하기 시작했다. 그 모습을 곁눈으로 보면서 노천탕으로 가려고 할 때 아사카가 다가왔다. 달아오른 피부에서 달콤한 향기가 폴폴 났다. 아사카는 내 귀에 얼굴을 가까이 대고 속삭였다.

"저희가 쓰고 남긴 물, 잘 써주세요."

"——!"

"우후후. 미야. 나도 주스."

"네 네."

나는 평정심을 유지하면서 노천탕으로 향했다.

"……여긴 온천수를 계속 흘려보내는 방식이잖아."

뭐가 쓰고 남긴 물이냐. 좀 이상한 상상을 해버렸잖아.

"후우."

몸을 담그니 서서히 몸이 따뜻해졌다.

하늘은 이미 어둑어둑하다. 전방의 숲 사이로 아시노호가 보였다.

차가운 바깥 공기에 온천에서 나온 김이 녹아들어 갔다.

마히루는 혼자가 되면 연락을 해달라고 메시지를 보냈는데, 대체 무슨 볼일이 있는 걸까. 이야기만 하는 것이라면 라인이나 전화로 해도 되는데, 직접 만나는 게 중요한 걸까?

굳이 하코네에서 대체 무엇을?

"……."

갑자기 강한 바람이 부나 싶더니 붉게 물든 낙엽이 팔랑팔랑 온천에 내려앉았다.

"슬슬 나갈까."

몸속까지 확실하게 따뜻하게 한 후에 나왔다.

"오오, 맛있겠다."

목욕을 마친 날 기다리고 있던 것은 탁상에 차려진 호화로운 식사였다. 내가 목욕하는 사이에 준비해준 모양이다.

"유우 오빠, 여기 앉아요."

셋이 옆으로 나란히 앉았는데 미야와 아사카가 날 사이에 두고 앉았다.

"자, 일단 한 잔 하세요."

오른편에 앉은 아사카가 맥주병을 기울여 술을 따라줬다. 꼴꼴 소리를 내며 황금색 액체가 잔을 채웠고, 부글부글 하얀 거품이 일었다. 달아오른 몸에 스며드는 맥주의 맛은 각별하다.

"아아, 맛있다."

"유우 오빠, 사케도 있어요."

"마실까."

"알겠어요."

"자."

입에 닿는 부분이 얇은 작은 잔에 사케가 유려하게 약간 따라졌다.

"이 고기 맛있어!"

미야가 웃음을 띠었다. 작은 석쇠 위에서 굽는 마블링이 들어간 두꺼운 고기. 들어보니 요네자와규*라고 한다.

“살살 녹네.”

마치 아이처럼 활짝 웃었다. 고기도 좋지만 온천 여관이라고 하면 역시 회일 것이다. 온천 여관의 정석인 배 모양 그릇에 담긴 회를 먹으니 자연스럽게 먹는 술의 양도 늘어났다.

회, 술, 회, 술. 이 무한 루프를 멈출 수 있는 게 이 세상에 존재할까.

“유우 오빠, 권해놓고 말하는 것도 좀 그렇지만, 과음은 하지 마세요.”

“아차, 그렇네.”

난 술이 세지 않아서 어느 정도 마시면 속이 안 좋아져서 술잔에 손이 가지 않게 되는 자력 만취 방지 센서가 있다. 그 센서에 의하면 이제 2, 3잔을 마시면 힘들어지기 시작할 것이다.

이번에는 마히루도 봐야 하니 이쯤에서 그만 마시자.

혼자가 되면 연락을 해달라고 마히루가 메시지를 보냈는데, 그 기회는 좀처럼 올 것 같지가 않네.

호화로운 식사를 마쳤고, 그릇과 접시가 치워졌다. 지금까지 알찬 시간을 보냈는데 시각은 아직 오후 7시 전.

“어때요? 식후의 산책은.”

아사카의 제안으로 우린 〈잔월실〉에서 밖으로 나왔다. 본관과 별실 사이에 일본 정원이 만들어져 있어서 그곳을 산책할 수 있는 모양이다.

---

*일본 야마가타현의 남부에 위치한 요네자와와 그 주변에서 생산된 소.

차가운 포석 위에 석등의 그림자가 드리웠다. 별들이 반짝이는 하늘을 올려다보고 있으니 자신이 어딘가로 날릴 것만 같은 착각에 빠졌다.

나무들이 가을의 밤바람을 받으면서 웅성거렸고, 본관 쪽에서는 빛과 함께 사람들의 즐거운 듯한 목소리가 새어나왔다.

"……분위기 좋다."

미야가 황홀한 목소리로 말했다.

"본격 미스터리의 무대로 딱이라고 생각하고 있지?"

"아, 아니야, 유우 오빠 바보."

"하핫."

두서없이 이야기를 하면서 밤공기를 즐겼다.

"슬슬 돌아갈까."

"그렇네요."

"응, 추워지기 시작했어."

10분 정도의 산책을 끝내고 〈잔월실〉로 돌아갔다.

"흐아암, 왠지 벌써 졸려."

미야의 눈이 게슴츠레했다. 오늘은 계속 걸어서 미야의 체력은 이미 한계인 듯했다.

"미야, 이제 잘래?"

"응."

"그럼 이 닦고 화장실 갔다 와야지."

"응."

애기냐, 라는 딴지가 목구멍에서 튀어나오려는 걸 막았다.

그러고 보니 침실은 2층에 있다고 했는데, 설마 셋이 나란히 누워서 자는 건 아니겠지. 현역 여고생들과 같은 방에서 자는 게 허용될 리가 없다. 최소한 방은 나눠야 한다.

2층에 올라가니 이불 세 장이 나란히 깔려 우릴 맞이했다.

"야 아사카. 난 다른 방에——."

"침실은 여기밖에 없어요."

"뭐야?"

아니 잠깐만?

미야가 있는 곳이라면 아사카도 선을 넘지는 않겠지. 그런 의미에서 미야의 존재는 일종의 보험이 될 수 있지 않을까.

"나 한가운데!"

미야가 이불에 다이브하나 싶더니 몇 초도 안 지나서 색색 하고 자는 소리가 들리기 시작했다.

"벌써 잠든 것 같아요."

"얘는 얼마나 지쳤던 거야."

아사카가 미야의 몸을 옮기고 그녀에게 이불을 다시 덮어줬다.

"유우 오빠."

아사카가 내 어깨에 손을 올렸다.

"이제 단둘이네요."

빨려 들어가 버릴 것만 같을 정도로 아름다운 눈동자가 날 올려다봤다.

"어, 야 아사카. 미야도 있다고."

미야를 보니 그녀는 기분 좋게 새근거리면서 자고 있었다.

"우후후, 알고 있어요. 유우 오빠, 아직 졸리진 않죠?"

"어어."

"아래로 돌아갈까요."

아래층으로 내려가자 아사카는 창가를 가리키며 말했다.

"유우 오빠, 사실 〈잔월실〉에는 비밀의 방이 있다구요?"

"비밀의 방?"

아사카는 넓은 툇마루로 가더니 오른편으로 모습을 감췄다. 나도 뒤를 쫓았다. 따라가니, 거기엔 벽 대신 문이 있었다. 장지문 때문에 사각이 생겨서 알아차리지 못했던 것이다. 문 너머에는 좁은 통로가 있었고 왼편에는 창문이 있었다.

"뭐지?"

조금 걸어가니 오른쪽에 맹장지문이 나타났다.

왜 이런 숨겨진 방 같은 게 이 방에……?

안 좋은 예감이 들었다.

아사카가 맹장지문을 열었다. 그 안은 2평 정도의 좁은 다다미방이었다.

"들어오세요."

그 방에 전등은 없었고, 유일한 광원은 불을 지핀 행등뿐. 그리고 어둑어둑한 방 중앙에는 두 명 분의 베개를 갖춘 이불이 하나. 이불 옆에는 티슈 한 박스와 쓰레기통이 있었다.

"이, 이 방은 뭐야……."

"후후, 알고 있으면서."

"아사카……."

"남녀의 온천 여행은 그런 의미를 가지는 법이니까요."

술기운이 싹 가셨다.

역시 아사카는 그럴 생각이었다. 그걸 알아차린 순간, 쇼난의 밤에 본 아사카의 요염한 몸이 환영이 되어 눈앞에 있는 아사카와 겹쳐졌다. 그 부드러움, 그리고 온기까지 되살아나 리얼한 자극이 되어 날 유혹했다.

"유우 오빠, 아까 산책하느라 몸이 식어버렸으니 저 다시 목욕하고 올게요."

아사카는 그렇게 말하고 왔던 길로 되돌아갔다. 나도 서둘러 그 뒤를 쫓았다.

"저기, 아사카."

"유우 오빠도 같이 들어갈래요?"

"아니, 들어갈 리가 없잖아."

"그럼 조금만 기다려 주세요."

아사카는 노천탕 쪽으로 갔다.

홀로 남겨진 난 이 상황을 타개할 방법을 생각했다.

큰일이다.

이대로 가면 아사카의 페이스에 말려서 또 쇼난의 밤이 재현되고 만다. 스스로 말하는 것도 좀 그렇지만, 지금의 나는 솔직히 말해서 아사카의 유혹을 끝까지 견뎌낼 자신은 없었다.

머리로는 아사카를 건드려도 될 리가 없다는 건 알고 있다. 알고 있지만, 기대하는 자신도 있었다.

마히루와 아사카의 구애를 받으면서도 스스로를 통제해 이 관계를 어떻게든 원만하게 수습해야 한다고 평소에는 잘난 듯이 생각하는 주제에, 막상 그런 상황에 직면하면 욕망이 이겨버리는 건가.

나 자신이 싫어진다.

아사카가 목욕을 하고 돌아오면 더는 도망칠 곳이 없다…….

어떡하지?

미야를 깨울까?

아니, 그건 그냥 시간 끌기에 불과하다.

미야가 다시 잠들면 그때는 아사카의 독무대다.

"아."

그때, 나는 지금 자신이 혼자 있다는 것을 깨달았다. 마히루가 혼자가 되면 연락해달라고 부탁했었지.

그게 해결책이 되는 것도 아니고 그저 현실 도피일 테지만――달리 할 수 있는 것도 없으니 마히루에게 전화를 걸었다.

"마히루야?"

"아, 유우 오빠? 지금 볼 수 있어?"

"어어, 일단 혼자가 됐어. 아사카는 목욕하고 미야는 이미 자고 있고……."

"그렇구나. 그럼 있잖아, 〈아카츠키정〉의 주차장으로 나와."

"응? 너 지금 어디 있어?"

"아무튼 나와."

전화는 끊어져 버렸다.

마히루가 묵고 있는 숙소가 어디에 있는지 모르고 만날 장소도 지정해두지 않았지만, 나는 시키는 대로 바깥으로 나왔다.

넓은 주차장에는 차가 드문드문 있었다. 쌀랑한 밤공기 속을 걸어갔고, 얼마 지나지 않아 부지 입구에서 사람의 모습을 발견했다.

"아, 유우 오빠."

너, 왜 이런 곳에."

난 달려갔다. 거기엔 마히루가 있었다.

"드디어 왔네."

마히루는 길가의 나무 그늘에 쭈그리고 앉아있었다. 얇은 운동복을 입고 추운 듯이 입가를 손으로 덮고 있었다.

"마히루, 너 어디 있었어."

"어디냐니, 여기 있었지."

"뭐?"

마히루는 일어섰다.

"유우 오빠가 언제 불러도 괜찮도록."

"계속 여기서 기다리고 있었어?"

처음 라인으로 연락이 온 게 5시 전 무렵이었다. 지금은 7시가 넘었다. 이렇게 추운 날에 2시간 이상이나 날 기다리고 있었다는 건가.

"이 정도는 기다리지 않으면 '쭉 기다린다'는 말은 못하지."

"바보야! 이런 곳에 있으면 감기 걸리잖아."

"응, 솔직히 엄청 추웠어."

"그리고 여자애가 이렇게 어두운 곳에 혼자 있으면 위험하잖아."

외등은 있고 바로 앞이 〈아카츠키정〉이라 인기척은 있지만 여자애가 혼자 있기에는 위험할 정도로 어둡다.

"괜찮아. 우리 숙소는 여기서 가까우니까. 걸어서 3분도 안 걸려."

"그런 말이 아니잖아."

"알았어. 미안해."

"나 참. 그렇게까지 해서 무슨 얘기를 하려는 거야?"

"그거 말인데, 좀 걸으면서 해도 돼?"

"어어."

아무튼 마히루를 숙소까지 데려다줄 생각이었으니 그녀가 숙박하는 여관까지 걸어가기로 했다.

어두운 밤길을 둘이서 어깨를 나란히 하고 걸었다. 길 양옆에 있는 나무들의 가지가 도로를 덮듯이 뻗어있어서 별빛은 거의 닿지 않았다. 인기척도 없고, 바람에 흔들리는 소리가 가끔 들리기만 했다.

"여행은 재밌었어?"

마히루가 물었다.

"응? 뭐, 그렇지. 미야가 다음엔 마히루도 같이 오면 좋겠다고 말했어."

"그렇구나. 미야랑 아사카는 뭐했어?"

"전화로 말했듯이 미야는 걷느라 지쳐서 벌써 잠들었어. 아사카는── 목욕하고 있어."

"흐~음. 그럼 아슬아슬하게 세이프인 느낌인가."

마히루는 안심한 듯이 숨을 내쉬었다.

"?"

마히루와 키타고 여자 배구부가 묵는 여관은 정말 〈아카츠키정〉 근처에 있었는지, 잡담을 하고 있으니 금방 도착해버렸다. 〈아카츠키정〉 정도는 아니지만 상당히 운치 있는 여관이다.

"유우 오빠."

마히루에게 손을 잡아끌려 옆에 있는 숲속으로 끌려갔다.

"우왓, 뭐야."

내가 그렇게 말한 것과 거의 동시에 마히루는 운동복의 지퍼를 반쯤 내렸다. 풍만한 가슴이 드러났고, 하얀 피부에 비친 핏줄이 고혹적인 악센트가 되었다.

"야, 마히루?"

"유우 오빠."

마히루는 그대로 날 끌어안았다. 그녀의 가슴에 얼굴이 파묻혔다. 부드럽고, 따뜻하다. 마히루의 냄새로 몸속이 가득 찼다. 떼어 내려고 했지만 머리와 등을 엄청나게 강한 힘으로 껴안아서 꼼짝도 할 수 없었다.

"마, 마히우."

피부끼리 맞닿아서 생기는 온기. 방금 전까지 아사카에게 유혹당한 나에게 이건 고문이나 마찬가지다.

"아사카의 유혹에 지지 않고 돌아오면 내가 더 좋은 걸 해줄게."

"?!"

아사카?

아사카라고 했나?

"아마 아사카는 이번 여행에서 유우 오빠를 차지하려고 할 건데, 지면 안 된다?"

왜 아사카가…… 그보다 왜 마히루는 아사카가 날 유혹하려고 하는 걸 알고 있지?

마히루는 한층 더 강한 힘으로 날 안았고, 내 얼굴이 그녀의 가슴에 깊이 잠겨갔다.

"만약 아사카한테 지지 않고 돌아오면 이거, 마음대로 해도 좋아."

마히루는 그렇게 속삭이고 날 놓아줬다.

"마히루, 어떻게 아사카에 대해서……."

"그야 나랑 아사카는 유우 오빠 쟁탈전의 라이벌이니까."

"아, 아사카가 날 좋아하는 거, 알고 있었어?"

"응. 아사카도 내가 유우 오빠를 좋아하는 거 알고 있어."

"……진짜냐."

"어라? 유우 오빠 몰랐구나. 아, 그렇지."

마히루는 주머니에서 스마트폰을 꺼내나 싶더니 다시 날 끌어안았다. 찰칵 하는 소리와 함께 불빛이 옅은 어둠을 걷어냈고, 난 해방되었다.

"마히루, 너 무슨 사진을."

"응? 그냥 좀."

"그보다 아사카랑……."

내가 가정했던 최악의 사태.

그건 아사카와 마히루가 서로 날 좋아한다는 걸을 알게 되어서 날 두고 둘의 사이가 험악해지는 사태였다.

두 사람의 어릴 때를 알고 있는 사람으로서 나 같은 것 때문에 마히루와 아사카의 사이가 틀어지지 않았으면 한다.

그래서 두 사람에겐 알리지 않고 이 관계를 어떻게든 수습할 순 없는지 생각하고 있었는데, 둘은 이미 서로의 마음을 알고 있었나.

"부탁이니까 나 같은 것 때문에 싸우지는 마."

"싸움? 안 해, 그런 건. 아사카랑은 '절친이라 쓰고 라이벌이라 읽는' 관계니까."

마히루는 그렇게 말하고 장난스러운 웃음을 지었다.

"한 번 더 말하겠는데."

마히루는 이번엔 내 손바닥을 자신의 가슴에 갖다 댔다. 악마적인 부드러움이 손바닥에서 뇌로 전해졌다.

"아사카한테 손대지 않고 돌아오면 상으로 마음대로 해도 돼."

"……마히루."

"그럼 갈게, 데려다줘서 고마워."

여관으로 달려가는 마히루의 뒷모습을 지켜보는데, 마음속에서 온갖 감정이 소용돌이쳤다.

*

"유우 오빠, 기다렸죠."

드디어 유우 오빠와 맺어진다.

우후후.

유우 오빠는 1층의 넓은 방에 있었다. 긴장했는지 무릎을 꿇고 앉아 맥주를 마시고 있었다. 내가 온 걸 알아차렸는지 유우 오빠는 술을 마셔 빨개진 얼굴을 돌렸다.

"아사카. 그……."

"뭔가요?"

"그, 마——."

"마?"

그때 내 스마트폰이 부웅 하고 진동했다. 아무래도 라인 메시지가 온 모양이다.

이런 시간——그렇다고 해도 아직 8시도 안 됐지만——에 누굴까. 화면에 시선을 떨구니, 마히루한테서 온 것이었다.

'아사카도 힘내.'

메시지와 함께 사진이 왔다. 마히루가 자신의 가슴에 유우 오빠를 끌어안고 있는 사진.

"……흐음."

"아사카. 마히루 말인데——."

"마히루랑 만나고 왔나요?"

"어어. 마히루한테 불려서. 그, 너희 둘, 날 두고 싸우거나 하는 건 아니지?"

"그, 무슨 뜻인가요."

"마히루가…… 날 좋아하는 건."

"물론 알고 있어요. 저희는 '강적이라 쓰고 친구라 읽는' 사이니까요."

"나 때문에 너희가 싸우는 모습은 보고 싶지 않아."

"걱정이 많네요, 유우 오빠. 안심하세요. 저희는 싸움 같은 건 안 하고 있어요. 유우 오빠 때문에 마히루가 싫어지거나 하는 그런 일은 절대로 없어요."

"정말이야?"

"다만——."

"다만?"

"일본은 일부다처제가 아니니까요. 최종적으로 유우 오빠와 맺어지는 게 한 명인 이상, 저희는 서로 상대를 제치고 유우 오빠를 차지하기 위해 전력을 다할 생각이에요. 이번에도 흥이 깨져버렸네요."

우리는 2층에 있는 침실로 돌아가 기분 좋게 자고 있는 미야를 사이에 두고 이불 속으로 파고들었다.

이런 분위기 속에서 유우 오빠가 그럴 마음에 들게 만드는 건 더는 불가능하다.

그래, 마히루가 노리고 있던 건 이 **분위기**를 만드는 거였나.

유우 오빠와 마히루 사이에 어떤 대화가 오갔는지는 알 수 없지만, 유우 오빠의 반응으로 미루어보면 나와 마히루가 유우 오빠를 두고 사랑의 쟁탈전을 벌이고 있다는 걸 넌지시 알렸을 것이다.

확실히 나도 마히루도 유우 오빠를 좋아한다는 말은 굳이 하지 않았고, 유우 오빠에 관해서는 주지의 사실이니 딱히 말할 필요도 없다고 생각하고 있었다. 하지만 유우 오빠 입장에서는 우리가 서로를 사랑의 라이벌이라고 인식하고 있는 건 청천벽력이었을지도 모른다.

"마히루, 의외로 만만치 않아……."

이번에는 마히루가 날 능숙하게 앞질렀다. 그저 그뿐이다. 마히루의 행동력이라 해야 할까, 막판의 기지는 대단하다. 쇼난 때와는 달리 완전히 외야에 있는 상황이었는데.

조금만 더 가면 됐는데.

화나지도 않았고 불만도 없었다. 뭐, 유우 오빠를 차지하지 못해서 조금 슬펐지만.

설령 마히루가 선택 받았다 하더라도 난 친구로서 진심으로 그녀를 축복할 수 있을 것이다. 나에게 마히루와 미야는 유우 오빠 다음으로 소중한 존재니까.

하지만 가장 소중한 건 유우 오빠.

나에게 유우 오빠는 인생 그 자체니까.

이 사람에게 선택받지 못하면 내 인생은 의미가 없어진다.

살아있을 의미가 없어진다.

만약 유우 오빠와 내가 이어지지 않게 되면…….

그때는…….

물론…….

3

"우와아, 예쁘다."

"그렇네."

다음 날. 우린 아시노호를 유람하는 해적선을 탔다.

어제 미야가 타보고 싶다고 해서 하코네 관광 마지막에 이 배를 타기로 했다.

유우 오빠와 캔커피를 마시면서 호수를 바라봤다. 그 옆얼굴도 멋지다. 여기서는 거리가 약간 있고 다른 사람도 있으니 우리의 대화가 들릴 일은 없을 것이다.

"그러고 보니, 미야."

"응? 왜?"

"마히루는 유우 오빠를 좋아한대."

"……어?"

마히루를 얕보고 있었던 건 아니다.

나는 오히려 마히루의 잠재력을 두려워했기에 이 하코네 여행을 계획했다고 해도 과언이 아니다.

애초에 나와 마히루는 **조건**이 다르다.

마히루는 유우 오빠와 같이 후지노미야시에서 생활하고 있기 때문에 언제든지 만날 수 있지만, 나는 카나가와현에 있는 학교의 기숙사에 있기 때문에 주말과 공휴일 정도에만 유우 오빠와 만날 수 있다. 오래 끌면 오래 끌수록 만날 수 있는 시간이 적은 내가 불리해지고 만다.

이 큰 핸디캡을 극복하기 위해 쇼난 여행 때처럼 한 번에 유우 오빠를 차지할 단기 결전 전법을 취한 것이다.

누구도 방해하지 않는 둘만의 온천 여행.

원래라면 이 하코네 여행이 정해진 시점에 내가 이겼어야 했다. 하지만 갖가지 우연이 겹쳐서 여행은 단 둘이 아니게 되었고 마히루도 하코네까지 쫓아왔다.

하지만 아무리 그래도 이번 여행에서 마히루가 할 수 있는 일은 없다고 생각하고 있었는데, 설마 내 빈틈을 노려 유우 오빠와 접촉할 줄이야.

마히루의 행동력을 얕보고 있었다.

어떤 식으로 유우 오빠에게 연락을 하고 내 눈이 닿지 않는 타이밍에 밀회할 약속을 잡았는지 자세히는 모르겠지만, 내가 유우 오빠에게 계속 붙어있었으면 방지할 수 있었던 사고다.

만약 유우 오빠가 마히루를 만나러 가거나 마히루가 만나러 온다고 말하더라도, 내가 같이 따라가서 견제할 수 있었고 마히루도 내가 있으면 쓸데없는 짓은 못했을 것이다.

마무리가 어설펐다면서 깊이 반성했다.

미야를 억제했다고 자만하고 있었다.

덕분에 유우 오빠는 마히루를 통해 우리가 유우 오빠를 두고 사랑의 쟁탈전을 벌이고 있다는 것을 알게 되어서 베드 인을 할 분위기가 아니게 돼버렸다.

게다가 마히루는 유우 오빠와 만났을 때 뭔가 했을 것이다.

라인으로 보낸 그 사진.

마히루가 유우 오빠를 큰 가슴으로 꽉 안아 꼼짝 못하게 하고 있는 그 셀카.

그때 유우 오빠와 마히루 사이에 어떤 대화가 오갔는지는 지금은 확인할 길이 없고, 그건 그렇게 중요한 게 아니다.

문제는 이번 일로 드러난 마히루의 적극성과 행동력. 내가 없는 평일 동안 마히루를 계속 자유롭게 행동하게 두면 마히루는 그 적극성을 마음껏 발휘할 것이다.

그러니 더는 어쩔 수 없어.

지금까지 경계해온, 어떻게 보면 최대의 강적.

미야를 끌어들였다.

아마도 미야도 유우 오빠를 좋아할 것이라는 건 옆에서 지켜보면서 알았다.

미야는 둥실둥실한 분위기와는 어울리지 않게 상당히 질투가 많은 성격이고, 지금까지 내가 유우 오빠에게 과격하게 다가가려고 할 때마다 과장된 반응을 보였으니까.

하지만 미야는 그런 걸 하는 게 서투른지 유우 오빠에게 적극적으로 다가가거나 유혹하는 등 직접적인 행동을 하는 경우는 없었다. 뭐, 본인이 의식하지 않고 순진하게 행동한 경우는 몇 번이나 있었지만…….

그렇다, 순진함.

내가 지금까지 계속 경계해왔던 미야의 순진함이라면 마히루의 빠른 진격을 막는 것도 가능할지도 모른다.

유우 오빠를 둘러싼 삼각관계.

나와 마히루만의 싸움이면 혼자만 카나가와현에 있는 내가 압

도적으로 불리하다.

하지만 그 싸움에 미야가 참가하면 상황은 크게 변할 것이다. 라이벌이 늘어나는 건 확실히 위험하다. 게다가 순진함이 강력한 무기인 미야를 이 싸움에 참전시키는 건 굉장히 위험한 도박이다.

하지만 그 위험성을 감수해서라도 마히루를 억제해야만 한다.

어쩌면 미야는 내가 이렇게 억지로 끌어들이지 않으면 유우 오빠를 둘러싼 싸움을 알아차리지도 못했을지도 모른다.

미야가 어떻게 움직일지 아직 모르겠지만, 적어도 마히루의 독무대는 아니게 될 것이다.

미야의 눈을 신경 써서 마히루의 움직임이 작아지면 좋겠지만, 미야가 앞으로 유우 오빠에게 적극적으로 접근할 수도 있다. 그렇게 되면 마히루도 그에 대한 대응에 쫓길 테니까 결과적으로 유우 오빠에게 접근하는 빈도가 적어질지도 모른다.

그렇게 둘이 대치하는 동안에 난 새로운 계책을 생각하는 것이다.

"아사카, 그거 진짜야?!"

"미야는 몰랐구나."

"으, 응, 전혀……."

미야의 표정은 놀라움과 당황, 그리고 아주 약간의 질투가 섞여있는 것처럼 보였다. 나는 확신했다. 역시 미야도 유우 오빠를 좋아한다.

자 그럼, 못을 박아두자.

"미야, 절대로 마히루를 방해하면 안 된다?"

"어? 하, 하지만——."

"얘들아, 무슨 얘기하고 있어?"

유우 오빠가 이쪽으로 다가왔다.

"아, 아무것도 아니야."

미야가 허둥거리며 얼버무렸다.

"그러냐."

"으, 응."

그건 그렇고 이 얼마나 기구한 운명일까.

어렸을 때 유우 오빠에게 신세를 진 우리 세 사람.

자매처럼 사이좋게 놀던 우리가 성인 여성이 되어 같은 사람을 사랑하다니. 유우 오빠를 삼등분 할 수 있으면 싸우지 않아도 되지만, 케이크도 아니고 인간을 삼등분하면 죽는다.

가을 햇살에 반짝이는 호면.

단풍이 들기 시작한 산을 바라보면서 나는 한숨을 쉬었다.

*

이렇게 하코네 여행은 끝을 맞이했다.

에필로그 『밤의 사슬』

1

하코네 여행 다음 날.

차가운 가을바람을 받으면서 나는 아침 청소를 시작했다. 테라스석을 빗자루로 쓸면서 아사카와 마히루에 대해 생각했다.

나의 최우선 사항은 마히루와 아사카가 날 두고 대립해서 사이가 나빠지지 않도록 하는 것. 하지만 상황은 내가 생각했던 것보다 더 진행되어 있었다. 둘은 서로가 연적이라는 것을 이미 알고 있었던 것이다.

적어도 내 눈으로 본 바로는 둘의 사이는 나빠진 것처럼 보이진 않았지만, 실제로는 어떤지 모른다.

마히루도 아사카도 좋은 아이다.

어렸을 때부터 둘을 알고 있는 사람으로서 나 같은 것 때문에 싸우지 않았으면 하는데…….

"……."

그런 생각을 하면서, 그건 그냥 허울만 좋은 바람이 아닌가 하고 은근히 느끼기도 했다.

하코네의 밤.

아사카는 다시 날 유혹했다. 남녀가 보내는 밤의 시간으로.

여고생과 그런 것을 할 수 있을 리도 없고, 게다가 아사카는 어린 시절을 알고 있는 동생 같은 존재다. 지금까지 이런저런 이유를 대서 아사카의 유혹을 받아넘겼지만, 그때 깨달았다. 나는 자신이 **기대**하고 있다는 사실을 깨닫고 만 것이다.

아사카와 보내는 밀월의 밤을.

쇼난의 밤에 맛보지 못한 아사카의 몸을.

인정하고 싶진 않았다.

하지만 난 의식하고 있었다. 아사카를 한 사람의 여자로서. 그리고 그건 동시에 마히루에게도 할 수 있는 말이었다. 마히루한테서 라인이 와서 〈아카츠키정〉에서 빠져나와 그녀를 만나러 갔다.

그때 난 확실하게 느꼈다. 아사카에게 품은 그 기대감을 마히루와 만났을 때도 느끼고 있었던 것을 깨달아버린 것이다.

이 마음은 뭘까.

사랑?

아니면 단순한 정욕?

마히루는 아사카의 유혹을 견디고 돌아오면 마음대로 해도 좋다고 말했다…… 그 큰 가슴을 마음대로…….

"……."

그녀들에게 품고 있는 감정은 사회인인 내가 품어서는 안 되는 감정.

게다가, 게다가 말이다.

난 두 사람에게 동시에 똑같은 감정을 느끼고 있다.

양다리를 걸치는 썩어빠진 근성은 없다는 게 내 자랑이지만, 차라리 그런 쓰레기가 될 수 있다면 편해질 수 있을지도 모르겠다.

*

"——그렇게 해서, 어떻게든 접촉은 성공했어."

"대단하네요. 설마 성공하다니. 마히루 선배의 적극성이랑 인내력은 흉내 낼 수 없는 수준이에요."

월요일.

유우히와 마히루 선배는 언제나처럼 안뜰에서 작전 회의를 하고 있었다.

오늘의 의제는 주말 하코네 합숙에 대해서.

마히루 선배와 연적인 여자애, 그리고 두 사람이 사랑하는 남자애 세 사람에게 무슨 일이 있었는가. 그리고 마히루 선배의 작전은 성공했는가.

마히루 선배의 작전…… 뭐, 작전이라 할 정도로 복잡한 건 아니려나.

그건 간단히 말하자면, 연적인 여자애가 남자애랑 밤의 시간을 정답게 보내기 전에 마히루 선배가 남자애와 밀회해서 그 빵빵한 몸으로 남자애를 매혹해 의식하게 만드는 것이었다.

마히루 선배의 매력적인 몸으로 유혹을 당한 남자애는 연적인 여자애랑 같이 있어도 마히루 선배로 머리가 가득 차서 분위기에 휩쓸리지 않을 것이다.

이 계책은 둘이서만 만나는 게 가장 중요하다.

연적인 애도 같이 있으면 과한 유혹은 할 수 없고, 억지로 하려고 하면 그야말로 아수라장이 돼버리기 때문이다.

상대 여자애한테 들키지 않고 아수라장도 만들지 않는 게 대전제이기 때문에 간단해 보여도 사실은 굉장히 어렵다.

단 둘이서 만날 기회를 어떻게 만드느냐가 난제였는데, 마히루 선배는 그 난제를 한결같이 가만히 기다리는 것으로 해결해 버렸다.

하코네의 추운 날씨 속에서 좋아하는 남자애가 혼자가 될 기회가 올 때까지 기다리다니, 이 얼마나 놀라운 인내력인가.

마히루 선배는 목적을 위해서라면 어떤 일이든 참을 수 있는 게 대단해. 고백에 대한 대답을 듣는 게 무섭다면서 우물쭈물했던 게 거짓말 같아.

한번 망설임을 떨쳐내면 끝까지 가는 타입인 걸까. 이건 유우히가 조타해주지 않으면 정말 위험할 것 같다. 자유롭게 하게 두면 언젠가 치명적인 뭔가를 저지를 것 같아서 무서워.

"참고로 이건 호기심 때문에 물어보는 건데요, 마히루 선배는 어떤 유혹을 했어요?"

"어?"

마히루 선배는 굳은 표정을 지었다.

"라이벌 애한테 마음이 흔들리는 걸 막기 위해서 좋아하는 남자애한테 어떻게 했는지 궁금해요."

"아니, 그건――."

마히루 선배는 알기 쉽게 얼굴을 빨갛게 물들이고 고개를 숙였다.

뭐야, 이 귀여운 생물은.
"부끄러우니까 말하고 싶지 않아."
"유우히는 지금까지 마히루 선배를 철저하게 도왔으니까 알 권리가 있어요."
"윽……."
"그리고 앞으로도 도와주기 위해서라도 어떤 대화가 오갔는지는 파악해두고 싶어요. 자, 마히루 선배!"
마히루 선배는 안 그래도 빨개져 있던 얼굴을 귀까지 빨갛게 물들이면서,
"그러니까, 상대 여자애의 유혹을 견뎌내면 그, 사, 상이라고나 할까……."
"상?"
"가, 가슴을…… 마, 마음대로——."
"가슴…… 아!"
"아, 아무튼 그런 느낌이니까. 안녕."
"앗, 잠깐만요 마히루 선배. 아직 자세히 못 들었어요!"
"곧 점심시간 끝나."
"아직 20분이나 있는데요?!"
마히루 선배는 재빠르게 일어나더니 육상부보다 빠르게 질주해서 교사로 도망쳤다.

*

"하아, 하아."

그래.

줘야 한다.

유우 오빠한테, 상으로. 아사카의 유혹을 견뎌내면 내 가슴을 마음대로 해도 좋다고 말해버렸다.

"어떡하지."

후회는 안 하고 있다.

하지만 마음의 준비가 되어 있느냐 하면, 그것도 아직인데…….

어, 어떡하지.

진짜 어떡하지.

언제로 할까.

유우 오빠는 이미 그럴 생각인 걸까. 오늘 집에 가는 길에 〈문나이트 테라스〉에 들러서 그대로 유우 오빠의 방에서……?

"……."

왜, 왠지 이상하게 땀이 나기 시작했다.

유우 오빠가 언제 요구해도 괜찮도록 마음의 준비를 해둬야 한다.

아아, 전국 무대에서 경기했을 때보다 더 긴장돼. 하지만 이것만 극복하면 내가 이기는 거야. 아사카도 한동안은 주말밖에 이쪽에 못 올 테니까 지금이 가장 좋은 기회야.

"마히루?"

복도를 걷고 있으니 뒤에서 누가 말을 걸었다. 뒤돌아보니 거기엔 미야가 있었다.

"뭐야, 미야구나. 무슨 일이야?"
"아니, 그…… 자, 선물."
종이봉투를 받았다. 아무래도 하코네 여행을 갔다 와서 주는 선물인 것 같다.
"고마워…… 아니, 나도 하코네에 갔으니까 안 줘도 괜찮은데."
"하하, 그렇네."
"그래도 고마워."
"응. 저기, 마히루는 있잖아."
"응?"
미야는 양팔을 안으면서 어색한 표정을 지었다. 뭘까, 무슨 일 있었던 걸까.
"뭐야, 뭔가 상담할 거 있어? 식당 갈래?"
점심시간도 후반에 접어든 지금 시간이라면 식당도 비어있을 것이다.
"괜찮아. 마히루는, 그."
"뭐?"
"……."
살짝 얼굴을 붉히고 비스듬히 위를 보는 미야. 심각해 보이는 분위기는 아니지만 역시 나한테 뭔가 말하고 싶은 게 있는 것 같다.
"역시 됐어."
미야는 그렇게 말하고 내 옆으로 뛰어서 지나갔다.
"뭐지?"

뭐, 미야니까 별일 아닐 것이다.

그보다 유우 오빠를 만난 후의 흐름을 생각해서 시뮬레이션 해둬야 한다. 마음대로 해도 된다고 말해버렸으니 유우 오빠도 분명 의식은 하고 있을 테니까.

2

부활동을 끝내고 샤워를 한 후에 귀로에 올랐다. 오늘도 지쳤다.

시각은 오후 8시 전.

완전히 어두워진 가을 하늘에는 별이 점점이 반짝이고 있었다. 목적지는 물론 〈문 나이트 테라스〉다.

"안녕하세요."

"어머, 마히루 어서오렴."

영업을 마친 가게 안에서 아저씨와 아주머니가 커피를 마시고 있었다.

"매일 늦게까지 힘들겠구나."

"이제 곧 예선이니까요."

이번 달 말부터 드디어 고등학교 선수권 대회 예선이 시작된다.

"올해도 다 같이 응원하러 갈게. 유우도 있고."

"헤헷, 감사합니다."

"아, 뭐 좀 먹고 갈래? 배고프지?"

"음, 나폴리탄 부탁드립니다."

"네~. 자, 여보, 주문이야."
"음."
아저씨가 주방 쪽으로 갔다.
"유우는 2층에 있어. 그리고 미야도 와있어."
"네~."
미야도 와있나. 그럼 오늘은 유우 오빠한테 만지게 해줄 수 없으려나.
2층으로 올라가 유우 오빠의 방으로.
"실례~."
"오오, 마히루냐."
"마히루."
유우 오빠와 미야는 침대에 나란히 앉아 게임을 하고 있었다.
짐을 입구 옆에 두고 두 사람의 대각선 맞은편에 있는 테이블 앞에 앉았다. 마침 대전이 끝난 모양인지 결과 화면이 텔레비전에 나왔다.
"아~, 거기서 카운터인가."
침대에 뒤로 풀썩 눕는 미야. 유우 오빠의 캐릭터가 반격해서 미야의 캐릭터의 HP를 0으로 만들었다.
"후후후, 미야. 진 사람이 마실 것을 가져오기로 약속했지."
"으으음."
마지못해 일어나서 방에서 나가는 미야. 유우 오빠와 단 둘이 있게 됐으니 바로 접근해볼까.
"유우 오빠."

나는 운동복의 지퍼를 반쯤 열어 가슴의 골짜기를 노출시켰다. 미야가 앉아있던 곳에 다시 앉아서 유우 오빠에게 몸을 돌렸다.

“우왓.”

“하코네에서 내가 했던 말, 기억하고 있어?”

“그, 그야, 물론.”

“아사카의 유혹에 지지 않고 돌아왔어?”

“……어어.”

“그렇구나.”

침묵이 흘렀다.

침묵의 시간이지만 어색한 분위기는 아니다. 오히려 서로에게 뭔가를 기대하고 있는 것 같은 느낌이다. 유우 오빠도 분명 그런 기분일 것이다.

“그럼──.”

내가 그렇게 말했을 때, 계단을 올라오는 소리가 들렸다. 난 재빠르게 지퍼를 원래대로 돌려놨다. 잠시 후, 미야가 쟁반에 세 명분의 마실 것과 내 나폴리탄을 얹어서 돌아왔다.

“기다렸지. 자, 마히루. 나폴리탄 곱빼기랑 콜라.”

“고마워.”

“나폴리탄 한 접시로 충분해?”

유우 오빠가 물었다.

“이건 어디까지나 에피타이저. 집에 가서 본격적으로 먹을 거야.”

"뭐, 네가 그걸로 배가 찰 리가 없지."

"마히루는 진짜 잘 먹네."

"시끄어~."

그리고 평소처럼 셋이서 게임을 하고 9시 넘어서 해산하게 되었다. 유우 오빠가 차로 데려다준다고 해서 같이 밖으로 나왔다.

"으으, 추워."

강한 바람이 불어 미야가 움츠러들었다.

"어라? 유우 오빠, 안 열려."

조수석의 문손잡이를 잡았는데 열리는 느낌이 없었다.

"아, 차 키 잊어버렸다. 잠깐 기다려."

가게 쪽으로 돌아가는 유우 오빠의 등을 보면서 확신했다.

후후, 이건 완전히 내 턴이다. 아사카는 주말에만 이쪽에 올 수 있으니까 내 공세를 방해하는 위협은 더 이상 없어.

아까 전에 유우 오빠한테 살짝 다가가서 상황을 봤는데, 그런 상태라면 이제 내가 용기를 내서 유우 오빠에게 가슴을 만지게 해주면 승부는 난 것이나 마찬가지다.

솔직히 엄청 부끄럽지만, 연인 사이가 되면 그런 건 당연히 하게 되니까 빠르냐 늦냐의 차이일 뿐이다.

용기를 내라, 나.

승리는 이제 눈앞에 있다. 단 둘이 있을 기회만 만들면 내 승리는 흔들리지 않는다.

후후, 미안해, 아사카.

"있잖아, 마히루."

미야가 날 불렀다. 돌아보니 미야는 점심시간 때와 똑같이 팔을 안고 멍하니 위쪽을 비스듬히 바라보고 있었다.

"응?"

미야는 내 쪽으로 시선을 돌렸다.

"왜? 미야."

"마히루는 있잖아, 유우 오빠를 좋아해?"

"……어?"

미야는 내 쪽으로 한 걸음 다가왔다.

"왜, 왜?"

"아사카한테 들었어."

"그, 그래."

진정해라, 나.

이제 와서 미야가 물어본다고 해도 아무 문제 없다.

내가 유우 오빠를 좋아한다는 게 미야에게 알려졌다고 해서 다가가는 걸 주저할 필요는 없으니까.

물론 이전까지의 나였으면 미야의 눈을 신경 쓰거나 부끄러워할지도 모르지만, 나는 이제 망설임을 떨쳐냈다. 하코네에서 유우 오빠에게 가슴까지 만지게 한 나에게 무서운 건 없다.

이미 내 승리는 거의 정해져 있다. 아사카가 후지노미야에 귀성하지 못하는 평일 안에 둘만 있는 상황만…… 아.

그런가, 그런 거구나.

짐작이지만 미야도 유우 오빠를 좋아하는구나. 그래서 내가 유우 오빠를 좋아한다는 걸 미야에게 누설함으로써, 미야가 그걸 질투해서 내 장벽이 되도록 부추긴 건가. 자기가 카나가와현에 있는 동안 내가 자유롭게 행동하지 못하도록, 유우 오빠를 둘러싼 싸움에 미야를 끌어들인 건가.

하지만 그건 아사카에게도 양날의 검.

내 라이벌이 한 명 늘어난다는 건 그대로 아사카의 라이벌도 늘어난다는 것이다. 솔직히 말해서 내가 유리한 상황인 건 변함없다.

"맞아."

나는 일부러 똑똑히 말했다.

"흐~음."

미야의 반응이 생각보다 약하네. 내가 너무 깊이 생각했나?

"미야는 어때?"

"어떻냐니, 뭐가?"

"유우 오빠, 좋아하는 거 아냐?"

"어?"

미야는 한순간 진지한 표정을 짓더니 금방 볼을 빨갛게 물들이고 고개를 숙였다.

"나, 나는──."

"좋아하는구나."

"……."

이 순진한 반응, 얼마 전의 날 보는 것 같다.

"……."

"……."

침묵의 시간이 흘렀다.

안 돼, 미야.

이미 **너무 늦었어**.

나와 아사카가 지금까지 유우 오빠를 두고 치열한 싸움을 벌여온 것을 이 순진한 아이는 모를 것이다. 쇼난의 별장 때도, 생일 파티 때도, 그리고 하코네 여행 때도…….

이제 와서 깨닫고 참전한다고 해도 승부는 이미 거의 결판났어. 연애에 시드권 같은 건 없으니까, 미야는 멀리 떨어진 곳에서 싸우고 있는 우리를 따라잡을 수 없어.

이제 내가 아사카의 방해를 받지 않는 사이에 빨리 유우 오빠를 차지하면 승부가 난다.

미안해, 미야.

유우 오빠와 맺어지는 게 한 명인 이상, 상대가 미야와 아사카라 하더라도 진심을 다해서 이길 거니까.

"……."

미야는 아무 말도 하지 않고 가만히 허공을 바라보고 있었다.

나와 미야 사이에 흐르는 침묵을 끊은 건 유우 오빠였다. 뛰어서 〈문 나이트 테라스〉에서 왔다.

"기다렸어?"

"늦었잖아, 유우 오빠."

"그게, 열쇠가 항상 두는 곳에 없어서 좀 찾았어."

유우 오빠가 미안해하는 표정으로 답했다.

그리고 우리는 유우 오빠의 차에 탔고, 유우 오빠가 집에 데려다줬다.

3

“마히루, 유우 오빠를 좋아했구나.”

나는 침대에 누우면서 천장을 바라보고 있었다.

충격이라면 충격이지만, 그런 느낌은 들었었다.

그야 마히루가 유우 오빠에게 하는 스킨십은 꽤나 격하기도 했으니까. 유우 오빠를 좋아한다고 전제하고 지금까지의 마히루를 돌아보면 여러모로 납득이 된다.

그리고 분명 아사카도…….

난 침대에서 내려와 방에서 나왔다. 계단을 내려가는데 어머니를 스쳐 지나갔다.

“미야, 어디 가는 거야?”

“잠깐 편의점 갔다 올게.”

“늦은 시간이야.”

“괜찮아.”

“엄마가 차로 데려다줄 테니까 기다리고 있어.”

“네~.”

내 입으로 말하는 것도 좀 그렇지만, 나는 상당히 질투심이 강하다.

그렇다는 자각은 있다.

지금까지 마히루와 아사카가 유우 오빠에게 과도한 스킨십을 하는 모습을 보면 질투심이 폭발할 것만 같았던 적이 몇 번인가 있었다.

그런데도 지금 내 마음은 아주 차분했다.

마히루가 유우 오빠를 좋아한다는 걸 알아도 격한 질투심은 들지 않았다. 평온하고, 차분하고, 자신감이 넘쳤다.

그건 분명 확신하고 있기 때문이다.

유우 오빠와 맺어지는 사람이 한 명뿐이라면, 그건 자신 외에는 있을 수 없다고.

나는 확신하고 있다.

신발을 신고 밖으로 나가자 밤의 차가운 공기가 나를 감쌌다. 집 앞에 있는 길에서 멈춰 서서 하늘을 올려다봤다. 아쉽게도 달은 보이지 않았다.

"안 돼, 마히루, 아사카."

나와 유우 오빠는 어느 한 쪽이 죽으면 같이 죽겠다고 약속한 사이이니까.

"유우 오빠는 안 줄 거야……."

1

"으음."

매미와 새들의 목소리가 사방에서 들려왔다. 시야에 비치는 것은 나무를 조립한 오두막의 천장. 동쪽에 접한 창문에서 아침 햇살이 쏟아져 들어왔다.

"흐아암."

나는 몸을 일으켜 눈을 비볐다.

"어~이, 빨리 옷 갈아입고 밖으로 나와~. 라디오 체조 시작한다~."

아래층에서 어른의 목소리가 들려왔다.

"옙~."

"좋아, 가자, 아리츠키."

"그래."

동료들과 함께 제복으로 갈아입고 단장을 끝낸 다음 밖으로 나갔다. 맑은 공기와 아침 햇살이 상쾌하다.

"날씨 좋다~."

이곳은 후지산에 있는 캠프장.

오른쪽을 봐도 왼쪽을 봐도 울창한 숲이 펼쳐져 있었고, 오두막 앞에 있는 길이 안쪽까지 이어져 있었다. 아직 시각은 6시를 약간 넘긴 시간.

한여름이지만 아침 무렵은 역시 쌀쌀하다. 게다가 일본에서 가장 높은 산 중턱에 있으니, 쌀쌀한 게 당연하다.

내 이름은 아리츠키 유우, 어디에든 있는 평범한 13살 중학교 2학년.

지금 우리는 스카우트단 캠프에 와있었다.

외할아버지가 보이스카우트 단장을 하고 있는 인연으로 초등학교 3학년 때 이 스카우트단의 컵스카우트로 참가해 오늘까지 스카우트 활동을 계속하고 있다.

그래 봐야 주된 활동은 주말에 지역의 폐품 수거를 돕거나 하이킹을 가거나 하는 정도지만.

그래도 계절의 단락마다 큰 이벤트가 있다.

새해 첫날 아침에 시라오산 공원에서 후지산과 해돋이를 보러 가거나, 여름 고진카 축제의 퍼레이드에 참가하거나, 이번처럼 캠프를 하거나. 그럭저럭 즐겁게 활동해왔다.

오늘은 2박 3일 캠프 마지막날. 비일상 속에 있는 것도 즐겁지만 역시 우리 집이 그립다.

"좋은 아침임다~."

"오~, 유우, 잘 잤냐?"

컵스카우트의 단장인 하즈키 쵸지로가 말을 걸었다.

"잤는데 온몸이 나른해서. 빨리 집에 가고 싶어."

어제는 후지산 5부 능선부터 호에이산 화구까지 걸어서 그 피로가 아직 다리에 남아있다.

"하하핫, 나도야. 이런 곳에서 빨리 내려가고 싶어서 참을 수가 없어."

짧게 깎은 백발에 햇볕에 잘 탄 피부, 걷어 올린 소매로 살짝 보이는 전완에 붙은 근육은 예사롭지 않으며 혈관이 드러나 울끈불끈했다. 연세가 70이라는데 아직 기운이 넘친다.

"당신 대장이잖아."

"빨리 미야의 귀여운 얼굴을 보고 싶다고."

"아아."

쵸지로 씨의 손녀, 하루야마 미야는 내 이웃집에 있는 아이이다.

우리 집과 하루야마가는 이웃이라 가족끼리 사이가 좋아서 미야도 날 잘 따른다. 이제 막 3살이 됐고 내 뒤를 쫄래쫄래 따라다니는 모습은 사랑스러워서, 동생이 생긴 것 같은 기분이 들어 외동인 나는 무심코 어리광을 받아주고 만다.

오두막 옆 광장에는 이미 컵스카우트(초3부터 초5)와 비버스카우트(초1부터 초2) 아이들이 모여 있었다.

내 외할아버지이자 보이스카우트 대장인 토가미 토요키치가 라디오 카세트를 들고 일동 앞에 섰다.

"좋아, 다들 퍼져라. 라디오 체조 시작한다~."

이내 귀에 익은 경쾌한 음악이 라디오 카세트에서 나오기 시작했다. 나는 오늘 저녁은 뭘까, 그런 생각을 하면서 라디오 체조를 했다.

*

오후 2시를 넘은 시간, 나는 드디어 집에 돌아왔다.

"다녀왔습니다~."

"어서 와."

어머니가 마중을 나와 주셨다.

"캠프는 어땠어?"

"이야, 진짜 지쳤어. 목욕하고 싶어."

"어? 욕실 없었어? 오두막이었잖아."

"아니, 있었어. 땀 흘려서 하고 싶을 뿐이야."

설마 마지막 날에 후지산 하이킹을 하게 될 줄은 몰랐다고.

샤워를 하고 티셔츠와 반바지로 갈아입었다. 격식을 차린 제복을 입고 있으면 뭘 해도 기분이 뻣뻣해져서 진정이 안 된다. 이제 겨우 편하게 있을 수 있다.

배도 고프네. 1층 가게로 내려가니 거기에는,

"아, 유우유."

미야가 놀러 와있었다.

"오오, 와있었구나."

"유우유."

"유가 하나 많다고."

"유우유 집에 왔어~."

미야는 날 '유우유'라고 부른다. 부르기 편한 건지 모르겠지만, '유우유'보다 '유우'가 글자 수가 적을 텐데. 아직 3살이니 어쩔 수 없나.

"캠프 재밌었어?"

"그래, 재밌었어."

"미이도 가고 싶었어."

미야는 풀이 죽은 목소리로 말했다.

"미야는 아직 작으니까. 더 크면 같이 갈 수 있어."

"가고 싶어 가고 싶어."

"캠프는 좋다고~."

테이블석에 앉아 점심을 부탁했다. 잠시 후, 어머니는 나폴리탄 2인분을 가져다 주셨다. 곱빼기가 내 몫, 작은 접시에 담긴 어린이용이 미야의 몫이다. 미야의 접시에는 어린이 런치처럼 깃발이 꽂혀있었다.

서투른 손놀림으로 포크를 쥐고 후루룩후루룩 나폴리탄을 먹는 미야.

"맛있어?"

"응, 맛있어."

"그거 잘됐네."

캠핑 중에는 기본적으로 스스로 밥을 해야 했기 때문에 누군가가 요리를 만들어주는 것에 대한 고마움이 뼈저리게 느껴졌다.

"잘 먹었습니다."

"야 미야, 입 주변이 더럽잖아."

물수건으로 미야의 입가를 닦아줬다.

"미야, 할아버지도 집에 와있니?"

어머니가 물었다.

"응, 할아버지도 아까 왔어."

호랑이도 제 말 하면 온다더니 제복 차림 그대로인 쇼지로 씨가 가게에 왔다.

"어머, 어서 와요. 캠프 수고했어요."

"사야카, 맥주랑 뭔가 안주로 먹을 수 있는 걸 줘."

"대낮부터 마셔도 괜찮아?"

"괜찮아, 캠핑 중에는 못 마셨으니까."

"거짓말이야, 마셨다고."

스카우트단 어른들이 밤늦게까지 술잔치를 했다는 걸 나는 알고 있다. 늦게 자는 보이스카우트 무리는 연회에 끼어서 안주를 먹거나 했다.

"야, 조용히 해, 유우."

"할아부지~."

"그래, 미야."

미야가 쇼지로 씨에게 다가갔다.

"귀엽구나."

미야를 안아 올린 쇼지로 씨는 그대로 내가 있는 테이블에 앉았다.

"그렇지, 유우, 오늘 밤에 뒤풀이를 할 거거든. 올래?"

"귀찮으니까 됐어."

"난 갈 거야"라고 하는 어머니.

"그래, 사야카는 올 거냐. 슌은 어떡할래?"

쇼지로 씨는 카운터 안쪽에 있는 아버지를 봤다.

"아니, 저는——."

"그러냐, 올 거냐. 유우도 와라."

"귀찮구만."

어른이라는 존재는 왜 무슨 일이 있을 때마다 술을 마시고 싶어 하는 걸까.

"할아버지, 뒤풀이가 뭐야?"

"술을 마시는 모임이란다~."

"애한테 그딴 거 가르쳐주지 말라고."

"미야도 크면 같이 술 마시자."

"마실래~."

"아직 한참 멀었잖아."

"미야~, 할아버지랑 유우 중에 누가 좋아?"

"이봐, 뭘 물어보는 거야."

날 좋아하는 게 당연하지. 한가할 때는 거의 매일 놀아주고 있다고. 미야는 난처한 듯이 미간을 찌푸리고 말했다.

"음~, 어려워."

"미야, 할아버지라고 말해주면 과자 사줄게."

"어이, 치사하잖아."

"진짜? 그럼, 할아부지."

"흐하하하하."

"바보 같은 짓 하지 마. 자. 맥주."

어머니가 병맥주와 마른 안주를 가져왔다.

"오오, 고마워."

퐁 하고 뚜껑을 따는 경쾌한 소리가 울렸다.

"따라줄게."

미야가 양손으로 맥주병을 들었다.

"미야가 술을 따라주다니…… 와앗."

"흘렸어."

병이 무거웠는지 주둥이 부분이 컵에서 벗어나 테이블에 맥주가 쏟아졌다.

"수건 수건."

하지만 쵸지로 씨는 화내기는커녕 싱글벙글했다.

"빨리 미야랑 마시고 싶구나."

"마실래~."

"이거야 원."

앞으로 17년이나 남았잖아.

느긋한 이야기다.

딸랑딸랑 하고 도어벨이 울렸고, 초등학생들이 빙수를 먹으러 왔다.

"어서 와~."

여름의 일상.

평온한 언제나의 광경이다.

*

쵸지로 씨가 뇌출혈로 쓰러져 돌아가신 건 그해 11월의 일이었다.

2

시내의 어느 장례식장.

오늘은 쵸지로 씨의 경야(經夜)가 열린다.

엄숙한 분위기가 감도는 홀에는 많은 사람들이 모여 있었다.

안쪽에 안치된 관 주변에는 내 외할아버지를 비롯한 스카우트단 관계자들이 모여 있었다. 나도 나중에 얼굴을 보러 가자.

접수처에는 미야의 부모님인 탓짱── 하루야마 타이치와 미쿠 부부가 있었다.

"유우 군, 고마워."

둘 다 눈이 빨갰다.

"미야는 있어요?"

"아래층에 있는 대기실에 있어."

"잠깐 보고 올게요."

1층의 유족 대기실.

유족은 경야 때 여기서 고인과 하룻밤을 보낼 수 있다고 한다. 대강의 가구와 화장실, 욕실 등 생활에 필요한 것이 갖춰져 있었다.

미야는 세로로 긴 테이블 끄트머리에 있었다. 다다미 위에 오도카니 앉아 아무것도 하지 않고 멍하니 있었다.

"미야, 할아버지한테 안 가?"

"유우유."

평소와 같은 기운이 없네. 그렇다고 해서 슬픔에 잠겨 있는 느낌도 아니었다.

"할아부지, 죽었대."

"응, 그렇지."

"있잖아, 죽는다는 게 뭐야?"

"어?"

"왜 죽으면 더 못 보는 거야?"

미야는 아주 진지했다.

"그건……."

어린 그녀가 가까운 사람의 죽음을 접하는 건 이번이 처음일 것이다. 그러니 지금 벌어진 상황을 잘 이해하지 못하고 있는 것이다. 다들 무엇을 하고 있는 것인가, 앞으로 무엇을 할 것인가…….

나도 유치원 때 증조할아버지가 돌아가셨을 때 그게 어떤 건지 잘 몰랐지. 모두 슬퍼해서 엄청 좋지 않은 일이 일어났다는 건 왠지 모르게 이해됐지만, 그걸 나 자신이 실감한 건 화장장에서 뼈가 돼버린 증조할아버지를 봤을 때였다.

"사람은 죽으면 천국에 가."

그런 흔해빠진 위로를 해봤다.

"천국? 할아부지는 거기에 있어?"

"그래, 천국에 있으니까 죽으면 더는 못 만나는 거야. 하지만 미야가 죽었을 때 천국에 가면 또 만날 수 있어."

"죽는 거, 무서워."

미야는 겁먹은 표정을 짓고 그 자리에서 움츠러들었다.

"……그렇네."

실수했나.

자신의 서투른 위로에 질렸다. 어린 애를 상대로 죽으면 어떻게 된다느니 하지 말라고, 바보야.

"할아버지한테 갈까."

"응."

우리는 둘이서 같이 2층의 홀에 돌아왔다. 미야를 안고 관 속을 들여다봤다. 쵸지로 씨는 편안한 얼굴로 잠들어 있었다.

"할아부지."

"자고 있는 것 같네."

쵸지로 씨는 초3 때 스카우트단에 입단한 뒤부터 알게 됐으니 5년 가까이 알고 지냈나. 아니, 내가 어렸을 적에 토가미가에도 가끔 놀러왔으니 더 오래됐네.

나에게도 가까운 사람의 죽음은 증조할아버지를 포함해서 이번이 두 번째.

아니, 제대로 철이 든 이후라면 이번이 처음일지도 모른다.

스카우트단 활동의 추억이 끝없이 떠올랐다.

솔직히 주말 예정이 깨지는 일도 있어서 그만두고 싶다고 생각한 적도 적지 않았다. 그래도 나에게 그 나날은 귀찮기도 하면서, 즐겁기도 했다.

그 후, 스님이 도착해 경야가 시작되었다.

*

조문객에게 식사를 대접하는 자리.

모인 조문객들은 고인에 대한 추억을 이야기하면서 엄숙하게 음식과 술을 먹었다. 분위기가 숙연할 줄 알았는데 의외로 다들 웃고 있었다.

"있잖아, 유우유."

"왜."

내 옆에 앉아있던 미야가 소매를 잡아당겼다. 화장실에 가고 싶은 걸까. 미야에게 이끌려 복도로 나왔다.

"왜 그래?"

나는 쪼그려 앉아 미야와 시선을 맞췄다.

"있잖아, 유우유."

"응?"

미야는 나에게 얼굴을 가까이 대고 말했다.

"미이가 죽으면 유우유도 같이 죽으면 안 돼?"

"뭐어?"

너무 갑작스러워서 한순간 굳어버렸다.

"미이랑 천국에서도 쭉 같이 있어줘."

하지만 미야의 표정은 굉장히 진지했다.

"미야……."

죽음을 처음으로 접한 어린 소녀.

어린 그녀 나름대로 죽음이라는 것을 이해한 결과인 것이다.

그래서…….

"……그래, 좋아."

나는 그렇게 대답할 수밖에 없었다.

"정말?"

미야의 표정은 화악 밝아졌다.

"그래, 미야랑 나는 쭉 함께야."

"신난다."

나에게 안기는 미야를 그대로 안고 일어섰다.

"그럼 유우유가 죽으면 미이도 죽어줄게."

"아하하……."

불길한 소리 하지 말라고. 나는 쓴웃음을 지을 수밖에 없었다. 하지만 미야는 분명 진심으로 말했을 것이다.

"자, 돌아가자."

"응."

복도 창문에서 보는 밤하늘에는 아름다운 달이 빛나고 있었다.

후기

건방진 꼬맹이 제6권, 어땠나요. 드디어 각성해버린 미야. 그리고 그녀가 지금까지 품고 있던 언젠가 유우와 연인 사이가 될 것이라는 막연한 자신감의 근거가 되는 어린 시절의 약속이 묘사되었습니다.

건방진 꼬맹이 파트보다 더 이전 시간대의 이야기인데, 아이지만 무거운 약속을 했네요.

이러면 아사카는 실수해버렸나. 마히루에 대한 억지력으로 미야를 끌어들였지만 미야도 다른 방향으로 무거운 사랑을 남몰래 간직하고 있었다니…….

유우 오빠는 미소녀들에게 잔뜩 사랑받아서 분명 행복하겠지(아련한 눈). 그건 그렇고 건방진 꼬맹이에는 무겁고 위험한 히로인밖에 없는 건가…….

미야나 아사카의 심상치 않은 모습에 가려져 있지만 냉정하게 생각해보면 반지 케이스를 생일 선물로 고른 마히루도 상당하네요.

유우 오빠는 강하게 살아줘야 해요.

자, 하코네 여행은 미야가 참전한다는 결말이 났는데, 아사카는 여기서 결판을 못 낸 게 쓰라리네요. 현재 아사카는 휴일에만 유우와 만날 수 있기 때문에 기본적으로 아사카VS마히루는 마히루가 유리. 그래서 아사카는 단기 결전을 노렸는데 마히루는 빈틈을 찔러 유우와 접촉하는 데 성공했고, 유우는 자신을 둘러싼 마히루와 아사카의 사랑의 쟁탈전을 알아버렸습니다.

유우는 자신을 두고 마히루와 아사카의 관계가 악화되지 않도록 하는 것을 우선 사항으로 생각하고 있어서 두 사람이 연적이라는 사실이 알려지지 않도록 하고 싶었지만, 아사카와 마히루는 이미 서로를 라이벌로 인식하고 있었고 유우도 마히루를 통해 그 사실을 알게 됩니다. 이렇게 되면 유우의 머릿속은 아사카와 마히루의 관계로 가득. 성욕이 파고들 여지는 없습니다.

마히루의 계략은 어디까지나 아사카 이상의 유혹으로 유우의 마음을 붙잡아 두기만 하는 것이었지만 결과적으로 그 이상의 효과가 있었던 것 같습니다.

이번 하코네 여행이 실패로 끝나버리면 전황은 마히루가 유리한 그대로 히로인 레이스가 진행돼버리겠죠. 네, 1대1이라면 말이죠.

제3 세력이 참가해 삼파전이 되면 적어도 마히루의 독주가 아니게 됩니다.

이렇게 아사카는 미야를 끌어들였는데 이게 좋게 작용할 것인가 안 좋게 작용할 것인가. 단순히 라이벌이 한 명 늘어나는 것이고, 미야에겐 순진함이라는 무기가 있으며 그 전력은 미지수입니다. 과연 행동력 덩어리인 마히루를 저지하고 균형을 잡을 수 있을 것인가……?

다른 이야기인데 만화화예요. 로쿠쇼 코쿠우 선생님이 그리는 건방진 꼬맹이들은 엄청 크고 최고네요. 건방진 꼬맹이 시절의 귀여움과 현대의 섹시함, 그야말로 이 작품의 테마인 '갭'이 표현되어 있어요! 금요일이 기다려지네요. 그건 그렇고 만화판을 읽으면서 생각했는데 미야편은 평화로워서 좋군요…….

마지막으로 일러스트를 담당해주신 히게네코 씨, 담당 편집 N씨, 그리고 읽어주신 여러분, 감사합니다!

2025년 1월 모일 칸자이 유키

10NENBURI NI SAIKAISHITA KUSOGAKI WA SEIJUN BISHOJO NI SEICHOSHITEITA Vol.06

©2025 yuki kanzai
First published in Japan in 2025 by OVERLAP, Inc.
Korean translation rights reserved by Somy Media, Inc.
Under the license from OVERLAP, Inc., Tokyo JAPAN

**10년 만에 재회한 건방진 꼬맹이는
청순 미소녀 여고생으로 성장해 있었다 6**

2025년 10월 15일 1판 1쇄 발행

저 자 칸자이 유키
일 러 스 트 히게네코
옮 긴 이 박정철
발 행 인 유재옥
이 사 조병권
편 집 2 팀 정영길 조찬희 박치우
편 집 3 팀 오준영 이소의 권진영 정지원
디자인랩팀 김보라 전세연
디지털사업팀 김지연 윤희진 장혜원
라이츠사업팀 김정미 이지현 유아현
영업마케팅팀 최원석 윤아림
물 류 팀 백철기 이새롬
경영지원팀 최정연
인쇄제작처 ㈜코리아피엔피
발 행 처 ㈜소미미디어
등 록 제2015-000008호
주 소 서울시 마포구 토정로222, 502호 (신수동, 한국출판콘텐츠센터)
판매 및 마케팅 (070) 8822-2301

ISBN 979-11-384-8765-8 04830
ISBN 979-11-384-8069-7 (세트)